La muchacha de las bragas de oro

WITHDRAWN
UTSA LIBRARIES

Biblioteca Premios Planeta

Biografía

Juan Marsé nació en Barcelona el 8 de enero de 1933. Desde los trece años hasta 1959 trabajó como operario en un taller de joyería. En 1959 empezó a publicar relatos en revistas literarias, y ese mismo año obtuvo el Premio Sésamo ~~concurrió al Premio Biblioteca Breve con *Encerrados con un solo juguete*~~, que resultó finalista con el mayor número de votos. Publicó en 1962 su segunda novela, *Esta cara de la luna*. En 1965 obtuvo el Premio Biblioteca Breve con *Últimas tardes con Teresa* (1966-1986), y posteriormente publicó *La oscura historia de la prima Montse* (1970), *Si te dicen que caí* (1973), que obtuvo el Premio Internacional de Novela «México», *La muchacha de las bragas de oro* (1978), ganadora del Premio Planeta, *Un día volveré* (1982), *Ronda del Guinardó* (1984), *Teniente Bravo* (1987), *El amante bilingüe* con la que ganó el Premio Ateneo de Sevilla en 1990, y *El embrujo de Shanghai* (1993). Su última novela publicada, *Rabos de lagartija*, ha obtenido el Premio Nacional de Narrativa 2001 y el Premio Nacional de la Crítica.

WITHDRAWN
UTSA LIBRARIES

Juan Marsé
La muchacha
de las bragas de oro

Premio Planeta 1978

 Planeta

Library
University of Texas
at San Antonio

Este libro no podrá ser reproducido,
ni total ni parcialmente, sin el previo
permiso escrito del editor.
Todos los derechos reservados

© Juan Marsé, 1978
© Editorial Planeta, S. A., 2002
   Còrsega, 273-279. 08008 Barcelona (España)

Diseño e ilustración de la cubierta: Opal
Primera edición en esta presentación en Colección Booket: febrero de 2002

Depósito legal: B. 47.230-2001
ISBN: 84-08-04189-4
Impreso en: Litografía Rosés, S. A.
Encuadernado por: Litografía Rosés, S. A.
Printed in Spain - Impreso en España

Library
University of Texas
at San Antonio

Sus viejos padres no podían hacer gran cosa con el porvenir y han hecho lo que han podido con el pasado.

HENRY JAMES

1

Hay cosas que uno debe apresurarse a contar antes de que nadie le pregunte.

Cuando, después de mucho torturar el párrafo, Luys Forest lo dio finalmente por bueno, advirtió que no llevaba agenda ni bolígrafo. Prosiguió su paseo por la playa cojeando levemente, golpeando conchas con el bastón, tras el perro ansioso que husmeaba corrupciones. En la concavidad vertiginosa de las olas que avanzaban hasta desplomarse, giraban algas muertas y el último reflejo del poniente.

Dejó atrás el Sanatorio Marítimo, ruinoso y abandonado, y se internó en los pálidos mosaicos de una urbanización fantasma, una vasta obra paralizada.

Se diluían en su mente el estruendo del mar y el párrafo obsesivo. Después de todo, pensó, es un poco confuso. Sentía crecer aquel sentimiento espectral de su vida que le aquejaba desde hacía algún tiempo, la irrealidad del entorno y la provisionalidad de las cosas, incluida la curiosidad que su retorno había despertado en el pueblo, y que removía una memoria amarga, fermentada retrospectivamente por el rumor y la maledicencia. Llevaba cuatro meses trabajando en la versión definitiva de su autobiografía, el segundo borrador de seiscientos folios —una orgía desenfrenada de tachaduras y serpenteantes enmiendas—, y parecía haberse propuesto vivir de manera que el mundo no pudiera hablar de él ni alcanzarle: no recibía visitas ni correspondencia ni cultivaba forma alguna de contacto con el pueblo, a excepción de su diario paseo por la playa, al atardecer, precedido siempre por su perro y su memoria de arena.

Más allá de las dunas erizadas de rastrojos, cerca de la orilla, vio a un joven con boina que fumaba echado entre dos maltrechas maletas, la cabeza recostada en un macuto gris. Frente a él, una muchacha de piel blanca se adentraba despacio en el mar, pero no se hundía; emergía remontando un banco de arena. Los brazos en jarras, de espaldas, agitó el pelo castaño escarolado y se quedó parada, el agua repentinamente encalmada y silenciosa alrededor de sus corvas de nieve. Volvió la cabeza hacia su amigo y señaló el horizonte con el brazo extendido: Ibiza.

Forest reanudaba su caminata, la vista fija en la contera del bastón, pero algo, el chillido o la forma borrosa de un pájaro volando —era esa hora del crepúsculo en la que es difícil precisar si ciertas cosas se ven o se oyen—, atrajo de nuevo su atención sobre la chica, sobre las alas color miel desplegadas en sus nalgas, un triángulo dorado que la última luz del ocaso, replegándose, ahora encendía.

Una hora después, de vuelta a casa y cuando abría la puerta vidriera, frente a la playa, se paró a observar a la misma joven que avanzaba muy decidida hasta él desde el muro del paseo, descalza, con las alpargatas y la pequeña portátil de escribir en una mano, arrastrando con la otra una pesada maleta adornada con calcomanías y pegatinas. Era clara y esbelta, de largos ojos grises en medio de una perversa constelación de pecas. No la reconoció hasta tenerla muy cerca y oír su voz enredada en humo, sujeta a un susurro soñoliento, casi inaudible. Más allá de la exótica alarma que de pronto captó en la sucia falda agitanada y en la blusa gris, que flotaba sobre sus pechos como una tela de araña, en los collares de pipas de girasol y en el sudor lívido de sus hombros, una transpiración indigente, fue la sugestión familiar de los pómulos y de los párpados estatuarios, descolgados en su helada frialdad de mármol, y también los remansos de oscuridad de la boca gruesa, lo que finalmente le permitieron identificar a su sobrina Mariana, hija única de su cuñada Mariana Monteys.

—Hola, tío. ¿No me reconoces...?

—Ahora sí.

—Éste es Elmyr. ¿Podemos pasar?

En medio de la sofisticada ornamenta que lucía, algunos atributos (la cinta negra en el cuello, la cadenita de oro en el tobillo) alertaron su sangre. Consciente de la insinuación burlona que ella intercambió con su joven acompañante de la boina, un tipo delgado y taciturno, con el macuto en bandolera y varias cámaras fotográficas colgadas al cuello, y cuyas manos se entretenían ahora en tironear un descosido de la bragueta, Forest acogió a su sobrina con un afecto expectante y apenas si atendió —observaba las manos del fotógrafo, pequeñas y pálidas pero extrañamente autoritarias— los enrevesados motivos que aducía para justificar su visita, ciertamente inesperada. Intuyendo una vulgar aventura erótica de la muchacha, abrevió la recepción, le asignó el cuarto de huéspedes en la planta baja y libertad absoluta para todo —incluyendo, aunque no explícitamente, el hospedaje de su silencioso amigo—, excepto para interrumpir su trabajo en su estudio del primer piso.

—Espero no causarte molestias, tío.

—Yo también lo espero. ¿De quién fue la idea?

—De mamá. ¿No ha llamado avisando que venía?

—No.

—Yo estaba en Ibiza...

—Luego hablaremos, sobrina. Ahora tengo algunas cosas que hacer.

Vio al fotógrafo mirándose por encima del hombro en la luna del armario, a hurtadillas, receloso: un joven atractivo que sin embargo, pensó, no está en buenas relaciones con su cuerpo.

Al salir de la habitación, en la puerta, se volvió hacia su sobrina.

—Antes que se me olvide... Sería conveniente que no te exhibieras por ahí en paños menores. Aquí cerca hay una tienda, cómprate un bañador. Me hago cargo que vienes de Ibiza y que allí puedes prescindir de eso. Y comprendo que es mejor unas bragas que nada, pero aun así en esta playa resulta chocante.

Mariana se había quedado mirándole, en un gesto entre divertido y asombrado. Cuando fue a decir algo, su tío dio media vuelta y salió.

En el fondo, a Forest no le contrariaba del todo la llegada de su sobrina. Aunque lo desmintiera su imagen pública, sobre todo aquí y en los últimos cuatro meses, nunca había cultivado esa soledad implacable y voluntariosa que suele atribuirse al escritor, y sabía que no se alterarían ni su intimidad ni su plan de trabajo, ya que vivía prácticamente en la planta alta y sólo bajaba de vez en cuando a la cocina en busca de hielo, de un bocado o del frugal almuerzo que la vieja Tecla —cuando él no se lo hacía subir al estudio, cosa que ocurría con frecuencia— le dejaba preparado en una bandeja.

Y de todos modos la discreción de su sobrina superó todas sus previsiones. Cualquiera que fuese el convencional motivo de su visita (creía haber entendido que una entrevista, o un reportaje gráfico) era evidente que no tenía prisa. En los tres días siguientes sólo la vio un par de veces, la primera tumbada en el jardín a la sombra del pino y a una distancia de su amigo erizada de reproches (Forest acababa de oírles discutir violentamente, y ahora el fotógrafo soportaba el sol sentado en el césped, amohinado, dibujando en un gran cuaderno) y la segunda al cruzarse con ella saliendo de la cocina, esta vez con los ojos de plata rodeados de un cerco rojizo que obedecía quizá a la falta de sueño, al llanto, o a las dos cosas.

Una tarde que había extraviado la pipa y se asomó a la pequeña terraza sobre el jardín, sorprendió a la pareja entregada a juegos más estimulantes y apropiados. Su sobrina estaba sentada en una rama baja del pino, con las piernas colgando junto al cabo deshilachado de la cuerda, ya podrida, que había pertenecido a un viejo columpio; bajo ella, de pie, su amigo le suplicaba algo con los brazos abiertos. Mariana se dejó resbalar agarrada a la cuerda y se colgó en el aire, agitando las piernas y la falda de gitana loca, pero antes de que pudiera saltar al suelo él metió subrepticiamente la cabeza entre sus muslos y arremetió a fondo ayudándose con lo que parecían exactos e inmisericordes mordiscos, a juzgar por los gritos de ella, que terminó por rodearle el cuello con las piernas y soltar la cuerda. Rodaron los dos sobre la hierba, quedando Mariana de espaldas, espatarrada y con la falda en la cara. Forest llegó a temer que sus gemidos fuesen oídos desde Segur o San Salvador.

Sería esa misma noche, durante otro encuentro casual en la ya caótica cocina —ella preparaba un té y su tío entró a vaciar una papelera rebosante de estrujados folios mecanografiados—, cuando la muchacha se ofreció para pasarle en limpio algunos capítulos.

—Así me entretengo en algo —dijo—. Y de paso me entero de tu emocionante pasado, me servirá para el reportaje...

Añadió que sería una forma de corresponder de algún modo a su hospitalidad. Forest observó que llevaba un collar de perro alrededor del cuello. Tuvo en ese momento la sensación de empezar a ser cómplice de algo, de un desorden convenido a espaldas suyas, inevitable. Había ya constatado la pereza literalmente estrepitosa de su sobrina —no depositaba la taza o el azucarero en el mármol de la cocina: lo dejaba realmente caer de las manos— y ahora, oyendo cómo se explicaba, advertía su irremediable propensión al enredo. Redactora ocasional y nada entusiasta en la revista gráfica que dirigía su madre —uno de esos satinados semanarios que él nunca se había dignado tocar—, le exponía a su tío el desganado propósito de hacerle una serie de entrevistas para un reportaje que, según dijo, ya había cobrado hacía meses y ahora mamá le reclamaba con urgencia, fotos incluidas. Pero esa urgencia no era en el fondo más que una estratagema de su madre, precisó, para sacarla de Ibiza y de una apacible existencia medio comunal que la buena señora suponía el origen y la causa de las terribles depresiones de su hija, de su incurable insomnio y de su poca ambición profesional: nadie, en realidad, esperaba con impaciencia un sesudo reportaje sobre la vida y la obra de Luys Forest, añadió la muchacha.

—En eso, por lo menos —dijo tristemente su tío—, tienes razón. En cuanto a mí, hablar de mí mismo es lo que más me aburre en este mundo.

A través de la ventana vio al fotógrafo en el jardín. Disparaba flechitas de colores al tron-

14

co del pino con una pistola de aire comprimido, la espalda muy arqueada hacia atrás, el brazo extendido y la mejilla pegada al hombro.

—Sin embargo —dijo Mariana soplando en la taza de té—, eso es lo que haces ahora. Escribes tu autobiografía, ¿no?

—Pero no hablo de cómo soy ni cómo fui, sino de cómo hubiese querido ser. —Sonrió con cierta timidez, como si hubiese dicho una impertinencia senil—. ¿Puede interesarle a alguien lo que haga o deje de hacer un viejo como yo?

—De viejo nada, tío, estás muy bien... —Mariana vaciló un momento, luego añadió—: Lo que pasa es que a mí me repatea este encargo de mamá, cualquier trabajo, vaya. Pero me gustaría ayudarte en tus memorias, eso sí.

—Primero obedece a tu madre.

Pensaba cumplir el dichoso encargo, dijo ella, pero no corría ninguna prisa, puesto que el único problema que verdaderamente preocupaba a mamá se había resuelto: la hija descarriada ya estaba sana y salva lejos de la isla-fumadero. Esta playa de Calafell era un vertedero de mierda, de coches y de adiposos zaragozanos jugando a la petanca, pero bueno, mejor esto que nada. En cualquier caso, ella ya tenía decidido no volver a bañarse en este asqueroso mar dominguero. Nunca le gustó nadar ni tomar el sol.

2

Había encontrado el pueblo muy cambiado, incluso la playa, cuya arena ya no llegaba hasta el portal de la casa como cuando ella era una niña y veraneaba aquí con su madre. Entonces sus primos solían saltar intrépidamente del balcón a la arena, descalzos, no existía el paseo con farolas ni el muro de contención, y de algún modo el aliento salobre del mar se mezclaba libremente con el de los portales abiertos.

Pero la vieja casa de los Forest seguía igual, tan puesta y sin embargo diríase que abandonada, rumorosa como una caracola entre los nuevos y altos bloques de apartamentos. Era una antigua casa de pescadores, apenas reformada y menos en la fachada, de dos plantas pero ya sin tabiques en la inferior, con un comedor que en realidad era la prolongación de la entrada y una galería encristalada al fondo; una casa acondicionada para el veraneo, no muy espaciosa pero profunda, con vigas y postigos de pino pintados de un azul tierno, gruesas paredes de piedra y adobe, encaladas, y azulejos, recovecos y un descuidado jardín trasero que Mariana recordaba surcado de senderos arenosos, hoy borrados.

Si todo esto constituye una historia, probablemente empezó a mediados de junio de 1976, una noche que Mariana Monteys escribió a una amiga que estudiaba en Londres. Cumpliendo severos ritos del insomnio, se extendió mucho en la carta y al cabo la dejaría sin terminar.

Mariana era de esas personas que cultivan las emociones pasajeras, y de las cuales no sabes si son irresponsables de ser felices o si son felices de ser irresponsables.

Calafell, 18-6-76

Querida Flora:

Esto es una lata, creo que estoy perdiendo la facultad de vivir sensaciones estrictamente físicas. Desde que llegué aquí, hace un par de semanas, me hallo en una especie de expectación insomne. No es que esté superando la depre habitual, que siempre se me eriza junto al mar, o que nuestro pequeño Elmyr haya renunciado a sus coqueteos con la muerte. Sencillamente, estoy ayudando a mi tío a pasar a máquina sus enrevesadas confesiones.

Comenzaré por hablarte del señor de la casa, el hombre de mi vida cuando yo tenía quince años, bueno, ya sabes. El tiempo ha pasado, pero el ilustre historiador luce bien con sólo 60 años, un poco más ciego de lo que pretende hacer creer a todo el mundo, y desde luego más cínico y cuentista (pero no menos guapo, queri-

da, lo siento) *que en sus mejores años de cronista oficial de la victoria, entonces tan admirado y consagrado y tan azul, y que el diablo se lleve esa música. Quiero decirte que me ha causado cierta pena. Percibo en él esa perpleja reverencia por el pasado que suelen transpirar los hombres a su edad, cuando ya saben de algún modo la forma en que han de ser derrotados... Tú conoces mi debilidad enfermiza por ese farsante. Algo en él me repele profundamente y al mismo tiempo me atrae con fuerza. Tal vez sólo obtendré un magreo de viejo chocho, pero ya me conformaría. Justo enfrente de mi escritorio hay una ventana con buganvillas rojas.*

¿Crees que aún puede hallarse afectado por el descalabro conyugal que sufrió? Sabrás que tía Sole le abandonó definitivamente hace cinco años, después de varios intentos que frustró mi bondadosa madre. Parece que estaba harta de sus neuras azules y de sus sórdidas aventuras eróticas. Al morir la tía, hace cuatro meses, en Madrid, donde vivía desde que se separaron, él se encontraba en Roma dando unas conferencias (en realidad, según mi madre, rindiendo su periódica visita a cierta dama muy lírica que conoció aquí en el Instituto Italiano de Cultura, hace unos años). Sus hijos, ya casados, con los que mantiene pésimas relaciones, no pudieron localizarle o no quisieron, y cuando regresó, dos semanas después del entierro, rehuyó

ver a nadie y se vino a Calafell a encerrarse con sus memorias. Tiene una fabulosa casa en el Ampurdán y un gran piso en Barcelona, pero le ha dado el ramalazo nostálgico y aquí está, en una ruinosa casita que perteneció a sus padres. Este verano tampoco habrá invitados ni vendrán mis primos, que no le ocultan su pitorreo altisonante, muy de la familia, así que estamos solos, puesto que el mago Elmyr prefiere hacer su vida y no siempre se queda a dormir. Pero me siento desconcertada. ¿Qué me hizo suponer que hallaría en este hombre y en esta casa un medio eficaz para proteger a nuestro Elmyrito e impedir su juego suicida, o al menos aplazarlo...?

No te engañe el tono de sensatez de esta carta, será influencia del estilo litúrgico de mi ilustre anfitrión. En realidad, sigo siendo la gata peligrosa de nuestras noches isleñas, la misma cabecita loca que ronroneaba recostada en tus pechos hermosos, Florita, sigo siendo incapaz de dormir sola por temor a no despertar, y lo que es peor, incapaz de no hacerle daño a alguien. He dejado de beber, pero de noche me enrollo mal y me temo que mi lengua no es menos funesta... Sin embargo, he de contarte algo.

En la madrugada del martes pasado tuve otro altercado con Elmyr. Lo de siempre: el expreso nocturno. ¿Qué sentirá ante ese estruendo de acero y luces hundiéndose en la noche? Y esas *piedras puntiagudas que se te clavan en la espalda y en el culo... Aterrada, esta vez me negué a complacer su manía, y se enfadó. Discutimos delante de la casa de mi tío. Elmyr sacó de pronto su dichosa pistola de aire comprimido, te acordarás de ella, la compramos en Tánger el verano pasado, y remató su cómica pataleta disparando una flecha que se clavó en la pared y se desprendió con un trocito del revocado ensartado en la punta. Dos días después, la vieja que viene a limpiar la casa me confió un curioso chisme sobre mi tío, de los muchos que al parecer circulan por aquí, y que se refiere a un emblema pintado con alquitrán por el propio Luys Forest en la fachada, en 1939. Al parecer, una tormentosa noche de octubre de aquel año, cuando un electricista de Comarruga andaba borracho con unos amigos y tuvo la mala ocurrencia de pararse a mear en esa pared, apoyando la mano en el emblema recién pintado, mi tío lo tomó como una ofensa y le agujereó la mano de un certero balazo. Y encima, dice Tecla, le denunció. Hace ya muchos años que el emblema se borró de la pared, me explicó la vieja, añadiendo que el impacto de la bala aún puede verse, y me lo quiso mostrar.*

Tengo mis propios métodos para interpretar a Tecla, y me eché a reír al pensar en Elmyr y en su desinteresada aportación al chismorreo popular mediante su inocente flechita. No quise desmentirla, y me olvidé del asunto. Pero resulta que ayer, mientras pasaba a máquina un denso capítulo del insigne memorialista, casi ilegible por las correcciones, tropiezo con esta lírica nota escrita al margen del folio (lo tengo a mano) y con la tinta aún fresca:

«Mi gusto inmoderado por los largos paseos a pie en esta playa, a pesar de un corazón sobresaltado y una cojera que entonces no era tan leve —aunque sin duda más elegante—, data de un par de años antes de casarme. En los primeros días de octubre del 39, una noche desapacible y sin luceros en que regresaba a casa, solo, vislumbré sobre el negro mar enfurecido, por encima del lejano tumulto, de su estruendo y sus brocados de espuma, la primera señal de la duda salvífica que había de hacer nido en mi conciencia: pensé, por vez primera, en la posibilidad de "desengancharme" y en cómo decírselo a Soledad sin causarle un disgusto de muerte. La indecisión o el orgullo, combinados con unas copas de más que llevaba dentro esa noche, redujeron finalmente aquellos buenos deseos en un simple desahogo privado y por cierto temerario, por lo ruidoso: entré en casa, empuñé mi pistola Astra, volví a salir y, dejándome llevar por un impulso irreflexivo, clavé una bala justo entre las flechas segunda y tercera del entrañable emblema (la araña, lo llamaban los niños del pueblo) estampado en la

fachada. Recuerdo y transcribo los detalles por-
que esta remota ceremonia privada, banal y
ciertamente ridícula, persiste en mí bajo el pol-
vo y las telarañas que habían de sepultar años
después tantos ideales, y porque fue la primera
de una larga serie de crisis. No lo cuento para
justificarme; pero si alguien me hubiese visto y
denunciado aquella noche, mi vida habría sido
distinta. En todo caso, ahí sigue el testimonio
de una juvenil lucidez, de una premonitoria
aunque inútil rebeldía: todavía hoy puede verse
la cicatriz en la pared...»

Y bien, querida, ¿qué pensar de todo eso? ¿A
qué viene ese trasvase de la memoria, ese furor
de anticipación y protagonismo? ¡Tanto plomo
y tanta flecha sólo porque un corazón herido y
drogadito viera contrariada su ilusión de ver
correr trenes...! No, muñeca, no estoy pasada
esta noche, a no ser que los Ducados ya vengan
preparados. Pero sí que estoy confusa. ¿Será
verdad que existe otra vida exterior con la que
ni yo ni Elmyr tenemos ya contacto y en la que
cuentan todavía las cicatrices y los impactos?
Naturalmente, me fastidian estos rompecabe-
zas, ya tengo el chino para entretenerme, así
que al final me fumo o sencillamente pienso en
otra cosa.

Pero a veces, Florita, cuando menos lo espe-
ro, deambulando por esta casa que invade silen-
ciosamente la arena y el salitre, mientras el so-

litario memorialista rumía laberintos arriba en su madriguera, tengo la sensación de toparme con una fina tela de araña que se enreda en mi cara...

3

De pie en el balcón, Forest veía avanzar la espuma repetida de las olas. Ahora apenas podía entrever a los rituales bañistas del crepúsculo penetrando despacio en el mar adormecido, sólo presentía sus cuerpos sonoros y sus voces esbeltas a través de una tupida red de referencias y recuerdos.

En este momento, la nueva posibilidad de salvarse le alcanzó como el rayo. Descomponiendo el ademán vagamente escuadrista, volvió la espalda a la dilatada rompiente que ya era presa de las sombras y abandonó el balcón para sentarse en la mesa escritorio. Agazapado bajo el cono de luz del flexo, empuñó la pesada y suntuosa estilográfica y la suspendió unos segundos sobre el folio 69. Persistía el agarrotamiento dorsal, como si esperase una agresión por la espalda o una llamada preventiva de alguien.

—¿Tú qué opinas, Mao? —dijo sin volver la cabeza—. ¿Lo hago, me consideras facultado para hacerlo?

El joven podenco, de un lustroso color canela, abandonó la estera donde yacía y salió del cuarto sin dignarse mirar a su amo. Llevaba entre los dientes un triángulo del Tangram. Quedó en el pasillo el tintineo cristalino de sus pezuñas alejándose, salpicando un silencio enmohecido por el rumor del oleaje. Domesticado y pensativo Mao, pensó, despistado cazador: por el mar corren las liebres, por el monte las sardinas. Ofuscada la memoria de viñedos y olivares, perdido el rastro y mermado el olfato en un ámbito inhóspito, reinventaba el vasto paisaje genético y las solariegas distancias trastrocando objetos de la casa, con preferencia las prendas de vestir y los folios arrugados que todavía crujían en la papelera. Aunque inviertas la página, se dijo el historiador, seguirá siendo la 69.

En su mano enjuta y tabacosa, la prestigiosa pluma tachó cinco líneas mecanografiadas y luego se deslizó sigilosamente hacia la blanca orilla del folio, llevando ya el cáncer en su tinta.

Así, al introducir en las memorias la segunda falacia, alterando un dato trivial (la fecha, el lugar y la ocasión en que se afeitó el bigote para siempre), Luys Forest se adentró sin re-

24

medio en el juego de buscarse a sí mismo en el otro recuerdo sin fechas, espectral y frágil, sostenido con invenciones, de lo que pudo haber sido y no fue. Quiso creer, en un principio, que era una simple licencia poética, coqueterías autobiográficas de interés relativo (¿a quién podía importarle, después de tanto tiempo, que adelantara en quince años la defunción de un bigotito cursi, o si la fantasmal cicatriz en un emblema ya borrado por el tiempo y olvidado la causó un niño con su arco y su flecha de varillas de paraguas o una pistola Astra?), pero no tardó en darse cuenta que todas apuntaban en la misma dirección, y eso le reveló la verdadera naturaleza de tales artificios: se trataba de un ajuste de cuentas con el pasado, que no cesaba de importunarle. Consideró que, en el peor de los casos, en el supuesto de verse un día desmentido por un lector avisado, cualquier amigo (pero qué pocos le quedaban ya) o conocido de aquellos años, un pariente, su propia cuñada o incluso fotografías suyas hechas entre el 42 y el 57, siempre podría alegar un desgaste de la memoria, un error de fechas.

De todas formas, pensó al levantarse de la mesa, no hay que abusar de estas artimañas. Se quitó los tapones de cera de los oídos y los guardó en la cajita roja. Iba descalzo de un pie. Ese ladrón de Mao, que lo trastroca todo.

Debajo de la silla vio, en vez de la sandalia, una braga amarilla asombrosamente encogida y diminuta. No la tocó. La estuvo mirando un rato y no sin alguna prevención, como si se tratara de una alimaña agazapada a la espera del descuido, del error propicio, y recordó que tenía que despertar a su sobrina.

Deslizando la punta de los dedos a lo largo del pasamanos de madera barnizada, escaleras abajo, contabilizó las dentelladas del perro; siete, una más que ayer. Al pie de la escalera, en el vestíbulo, estaba la sandalia de suela de corcho. La calzó, cruzó el comedor en penumbra, entró en la galería y entornó la puerta vidriera que daba al jardín. Cuatro amplios escalones de ladrillo rojo, alabeados y mohosos, subían desde esa puerta hasta el desnivel del jardín bajo una frondosa rama de eucalipto. Al fondo, más allá del viejo almendro, yacía entre la alta hierba un bote con el casco desfondado, roída la borda y remos a la ventura y rotos. Alguien, probablemente el amigo de su sobrina, ese retraído y diabólico fotógrafo al que aún no había oído pronunciar una palabra desde que llegó, lo habría arrastrado hasta allí desde el cobertizo para pintarle en la quilla un gran ojo almendrado e inocente de dibujo escolar, azul y sin párpado, y un nombre (sugerido sin duda por Mariana) en letras también azules: *Lotófago*.

Llamando a gritos a Mao, Luys Forest alcanzó el extremo de la galería, se paró en el umbral de un cuarto oscuro y escrutó su interior con recelo, olisqueando la menta. Al comprobar que Mariana no dormía con su amigo, dejó de vociferar reclamando al perro, cuyo paradero en realidad le tenía sin cuidado. La última vez que vino a cumplir funciones de despertador sin tomar ruidosas precauciones, se llevó enredada en los párpados una visión furiosa y quemante: el muchacho tumbado boca arriba y jadeando, con las pálidas rodillas emergiendo oscilantes en la sombra, y Mariana cabalgando desnuda sobre su pecho, con la boina hasta las cejas y las manos crispadas en la cabecera de la cama. El largo espasmo ya transformaba su cuerpo en un garabato extraordinario, poderoso e irrepetible. En aquella ocasión su tío fue discreto y se retiró.

Ahora se relajó apoyando el hombro en el quicio de la puerta.

—¡Arriba, clara Mariana, que ya brillan los luceros! —De Urrutia, asoció oscuramente: aquella portada del libro con los cuatro luceros, ¿1938, Burgos?—. ¿Me oyes, dormilona? Levántate.

Entrevió a la muchacha enredada en la sábana, desperezándose. Al pie del lecho se retorcía un bañador lila sucio de arena.

—Veo que por fin te has decidido a tomar el sol...

27

—Es de Silvia —bostezó Mariana—. Hola, Presente. ¿Qué hora es?

—La del alma. Pero tus amigos del cuerpo te esperan. Me dijiste que te llamara al atardecer.

Distinguió arrimada a la pared, bajo la ventana que daba al jardín, la mesa con la máquina de escribir y los folios en desorden. La mesa, sin silla, estaba tan cerca de la cama que él siempre pensó que Mariana escribía sentada al borde del lecho. Los folios estaban numerados y Forest los apiló, añadiéndoles otros que llevaba. En la pared, sujeto con chinchetas, un joven barbudo de rasgos armoniosos y nazarenos, perfectamente aburridos —la sandia y macilenta imitación cristera que estaba de moda entre la juventud—, le miraba desde una borrosa foto acribillada con flechas. Vio en la mesilla de noche el vaso de agua con el eterno ramillete de menta, y sobre la cama el magnetófono, con el cable empalmado torpemente en el enchufe de la lámpara.

—Está desconectado, supongo.

—Nunca se sabe, tío.

—No me gustaría que ese cacharro registrara los balbuceos de un anciano frente a su deslenguada sobrina.

—Tendrás que correr el riesgo.

—Ya sé a qué huele siempre tu cuarto. A leche agria, a niño de pecho... El único olor adulto proviene de la menta. ¿Por qué tomas tanto té?

—Hum... ¡Brrrrrrrr...!

—¿Has trabajado mucho?

Mientras subía las gafas hasta su frente y revisaba los folios mecanografiados, respiró la tibieza del sueño que aún emanaba del cuerpo tumbado en la pequeña cama metálica: la nuca sobre la barra a los pies del lecho, descansando cara al techo como en un raíl de tren, como si esperara el silbido inminente con la boca prieta y los ojos helados y redondos. Asomaba por debajo de la cama una maleta de piel marrón y la boina también acribillada de flechitas multicolores.

—¿Ha llamado mamá? —dijo Mariana.

—No.

—Cuando lo haga, dile que he venido sola.

—En cierto modo, no sería ninguna mentira. ¿Por qué no me habla? ¿Dónde se mete?

Mariana no apartaba los ojos del techo y parecía leer.

—Estará por ahí, pintando el ruido del tren. Es un fotógrafo de primera, pero lo que le gusta es pintar. Ven, tío, siéntate.

—Te he traído más trabajo. —Señaló los folios con la cabeza—. Échale un vistazo, si quieres. Voy a comer algo.

—Corriges demasiado, pluma ilustre. No acabarás nunca.

Mientras él salía para la cocina, Mariana invirtió su posición en la cama y estiró el brazo hacia la mesa escritorio, bostezando. Encendió la lámpara, cogió los papeles y paseó los ojos soñolientos por los últimos injertos a mano, una caligrafía diminuta y astillada. Llamó su atención una larga nota al margen que serpenteaba en busca del espacio inferior en blanco, y que transmitía una forma sibilina de crispación, una tensión agazapada. De algún modo, detectó la falacia antes de empezar a leer. La nota, que ampliaba la referencia a un episodio con la fecha corregida, era conceptual y confusa:

1942, octubre. Muerte de mi padre, un miércoles asolado por el mistral que se prolongó tres días. Empeoran mis relaciones conmigo mismo. Me río de lo irreversible ante el espejo, mientras me pongo el brazal negro, de mi cara acuchillada y temerosa, de ese guapo mozo de cabellos planchados y bigotito rectilíneo: voy a cometer una solemne bobada. Ese día (leyó despacio Mariana, entrecerrando los ojos sobre la espesa caligrafía como si de ella emanara un ácido) decido borrar definitivamente de mi cara lo que hasta entonces ha sido, más que un arrogante adorno facial —de dudosa eficacia, por cierto, a juzgar por las bromas despectivas que siempre me gastó mi cuñada Mariana—, una forma estereotipada de adhesión a la victoria. Va a ser, si el recuerdo no me engaña, el segundo desahogo privado contra lo que empieza a parecerme ya entonces un ahogo general en el país. Pero aún no es la verdadera crisis de conciencia —de la que me ocuparé más adelante—, de manera que no tendré el menor escrúpulo en asistir al entierro de mi padre luciendo el uniforme y...

Oyó el escalofrío de cristales en la galería precediendo unos pasos. Su tío volvía de la cocina con una rebosante copa de tinto, un largo listón de manchego seco y la sensación digital de haber extraviado algo en alguna parte.

—¿No traía antes un cigarrillo encendido?

—No sé.

Con profusión de bostezos y estudiadas distensiones pectorales, Mariana protestó por esos injertos de última hora que la obligaban una y otra vez a picar a máquina el mismo capítulo, y que así no había forma de avanzar, y que vaya lata. Esgrimía en el aire los folios torturados con tachaduras e inserciones, y su tío la escuchaba con una atención abstraída, estrictamente sintáctica, retardada, siempre como si esperara oír adjetivos imprescindibles incluso minutos después del instante en que debían haber sido utilizados. Admitió que él era, en efecto, un fanático de la página en limpio, que no soportaba una tachadura.

—Lo malo, sobrina —añadió con voz levemente deprimida, ocultando la mitad resabiada de su sonrisa tras la copa de vino—, es que no estoy nada seguro del interés que puedan tener esos injertos.

—¿Te refieres al repudio de tu asqueroso bigotito? —Con expresión de complicidad, algo desdeñosa, Mariana agregó—: Pues está bien claro. Según eso, ya haría una pila de años que empezó a flaquear tu fidelidad a la ideología que te convocó en el 36. Tiene cierto interés antropológico, mira. Y dice mucho en favor tuyo. Yo no lo sabía, y me figuro que casi nadie. Sin embargo, ¿por qué tantas precauciones, tío? ¿Por qué no vas directo al grano? Las referencias son como muy simbólicas, confusas.

—Será que todavía creo en los símbolos —dijo él riéndose—. Me refiero a los literarios, claro. De todos modos, en el capítulo dedicado a la muerte de mi padre pienso contar esa ridícula parodia del afeitado con más realismo y detalle, precisamente para potenciar su efecto simbólico. He preferido siempre describir que explicar.

—Es más prudente.

—Oye, veo que sabes bastante de este oficio.

—Me sé algunos trucos.

—Lo que siento son esos baches de la memoria que me obligan a corregir tanto...

Había en el rincón un viejo armario de luna cuya puerta tenía la costumbre de abrirse sola sin que nadie la tocara. Girando silenciosamente sobre los goznes, ahora se abría y en su turbio cristal se deslizó la penumbra y el desorden habitual del cuarto, la cama revuelta y la profusión de repletos ceniceros, en uno de los cuales, sobre la mesilla de noche, junto a la lámpara de porcelana anaranjada (en la que se veía al trasluz una medio deshojada margarita y una avispa amarilla de vuelo detenido), Forest creyó ver que humeaba un gusano de ceniza emboquillado. Cuando buscaban sus ojos, fuera del espejo, la imagen real del pitillo extraviado (y de la avispa) oyó la voz de su sobrina enredada en un bostezo:

—A propósito de esos desajustes, tío. El otro día las pasé moradas copiando en limpio ese lío del emblema de tus amores en la fachada, tu arrebato, tu balazo y la señal que afirmas que aún hoy puede verse. Hay algo que no entiendo.

Le habló de su reciente disputa con Elmyr, de la flechita clavada en la pared y de la señal que dejó, refiriendo luego su posterior conversación con Tecla y el antiguo rumor que ella le había confiado, una curiosa variante de lo que él contaba en sus memorias, ya que incluía elementos nuevos —un borracho, una ofensa y una mano agujereada— y que, bueno, son muchos impactos para una sola señal, concluyó con rebuscada pedantería.

—Si descontamos, como creo apropiado —sonrió su tío—, esa truculenta bala de Tecla que jamás fue disparada, y que proviene del chismorreo y la maledicencia del pueblo, sólo queda la mía, tan inofensiva como la flecha de tu enamorado de los trenes nocturnos. La casualidad ha querido que su flechita hiciera diana, treinta y siete años después, en el mismo impacto que causó mi solitaria depresión de aquella noche en la playa.

—¿No disparaste contra un hombre que meaba en la pared?

—Contra un símbolo que empezaba a odiar.

—Pero había una mano sobre el símbolo. Y dicen que denunciaste al electricista y que estuvo diez años en la cárcel...

—Calumnias, sobrina.

Agazapado, elástico, Mao entró en la habitación llevando entre los dientes un libro negro con estrellas blancas en la portada. Se recogió en un rincón, como una sombra más, consideró la propicia actitud del personal y luego se deslizó debajo de la cama. Forest volvió la cabeza y aproximó su media sonrisa más resbalosa a la luz un poco sangrienta de la mesa, bajo la ventana abierta y orlada de rojas buganvillas. Por un momento pudo imaginar que, allá en la penumbra del jardín, algún confuso elemento cuajaba.

Se sentó al borde de la cama, abstraído, mirando la base del cono de luz sobre sus sandalias. Mariana tanteaba la blusa colgada en una silla, parpadeando a través de la sucia maraña de pelos.

—Pero ahora que lo pienso —dijo—. Yo de niña te recuerdo con bigote.

—Quizá fue algo más tarde que acabé con él. ¿Crees que eso tiene importancia?

—Tú sabrás, tío. Tú eres el padre de la criatura.

Y como si de pronto el asunto la fastidiara, como si lo apartara violentamente junto con la sábana, bajo la cual hasta ahora había estado insinuando, inútilmente (ni una sola vez consiguió atraer aquel azul remoto y burlón de los ojos de su tío), el invisible juego de sus muslos, Mariana saltó del lecho.

—Al cuerno.

—¿Adónde vas ahora?

—A ver pasar trenes, me temo. —En cuclillas, revolvía ropa en la maleta abierta—. Hostia, otra vez mis braguitas.

—Ha sido Mao, naturalmente. Con él en casa, nada está en su sitio. —Y sin saber muy bien por qué, vuelto pudorosamente de espaldas a su sobrina, saliendo ya del cuarto, añadió—: No me faltaba más que eso.

Al cruzar la galería, con el rabillo del ojo detectó el otro ojo azul que le espiaba entre los tallos verdes, en el jardín, mientras sus dedos notaban una ausencia: la sensación, otra vez, de haber olvidado en alguna parte un cigarrillo encendido o una copa sin terminar.

Una brillante avispa le perseguía, envolvente y veleidosa, el cuerpo de un amarillo intenso.

4

Se paseaba por su estudio —que fue el dormitorio de sus padres— esquivando obstáculos que ya no existían, golpeando pensativamente la pipa vacía contra muebles que ardieron años atrás o que aún se pudrían en el cobertizo del fondo del jardín, el alto palanganero o las fantasmales boyas colgadas del techo y las pértigas y remos que habían conformado un remoto paisaje infantil, diezmado a la muerte de su padre, y en medio del cual ahora trataba de convocar el espectro de una navaja de hermoso mango anacarado con vetas negras, cruzado probablemente sobre un cuenco lleno de espuma de jabón... Aunque, bien pensado, un afeitado en seco sería lo más adecuado, esta chica tiene razón: realismo descriptivo, estilo lacónico, sin dejar entrever la intención alegórica.

Más tarde, el temblor prolongado de la puerta vidriera rozando el umbral depositó en su conciencia la imagen de Mariana, descalza y furiosa, lanzándose a la noche con sus sobados tejanos y su blusa ceniza. Vio, a través del balcón abierto, una estrella cayendo sobre el mar. Como si obedeciera a una señal, se sentó en el escritorio. Llenó la pipa, pulsó el *play* y recuperó su voz de la víspera, monótona y ajena:

—Los avatares de aquellos años, que me hicieron nómada, extraño a mi propio pueblo, habían de trastornar para siempre los amigos y los escenarios de mi vida, convirtiéndome en ese buscador de mi otredad perdida, varada en el cenagoso entusiasmo de los años arrogantes. En mí se cumplió aquel deseo de Lowry: si fuera capaz, yo mismo me volvería la espalda. Por eso a veces no me encuentro, no sé lo que fue antes o después. Recuerdo, eso sí, que a la muerte de mi padre, al volver a esta casa con mi mujer, recién casados, nada estaba en su sitio: tan meticulosamente había empezado a distribuir mi olvido...

Pulsó el *stop*, dio marcha atrás a la cinta y borró a partir de los años arrogantes, donde ya por otra parte se interferían los ladridos del perro arañando la puerta, reclamando libertad. Estuvo grabando unos minutos más, pero no de un tirón. En las pausas, el azul desvaído de sus ojos recalaba en las viejas estanterías de libros que agobiaban el entorno del pequeño balcón abierto sobre la playa. Observó las melladas ringleras de volúmenes, enumeró los huecos, las irreparables ausencias; allí estaba el nicho que había ocupado Federico de Urrutia, flanqueado por Eugenio y Leopoldo, durante cuántos años, seguramente hasta una noche de invierno en que iría a parar a la chimenea de la planta baja. Belicosos poetas del ayer profanados y escarnecidos hoy, consumiéndose en el fuego de una furtiva noche sexual, precalentando la entrepierna sonsa de alguna complaciente amiga de mis hijos. O tal vez triturados por Mao en algún rincón.

Girando en medio del silencio, la cinta emitía un siseo, grabando nada. Forest carraspeó, desorientado. Era como intentar relatar un olvido, como tratar de recobrar, al día siguiente de una borrachera atroz, un solo acto inteligente o sensato en medio del desorden y la vergüenza. Finalmente, lo apócrifo, lo no sucedido, arropado esta vez por una densa evocación verídica, llegaría casi inadvertido detrás de la grave y cenicienta figura de su padre y de la enumeración escrupulosa de las humillaciones que yo no pude evitarle al final de su vida: el sentimiento de la derrota, el exilio frustrado, la cárcel, el hijo que milita en el otro bando. 1942, febrero. A través de personas amigas, desde los Servicios Provinciales de Propaganda, consigo por fin sacar a mi padre de la Modelo. Aún le veo sentado en este balcón, cabeceando frente al mar, los hinchados pies sin uñas en el agua salada de una palangana, dejándose abotonar la camisa por mi hermana, dejándose morir. Lo que me afectó sobremanera, mucho más que su quebrantamiento físico, fue su decadencia mental, su vertiginosa caída en una desmemoria centrífuga, como en un remolino aterrador, insoportable justamente por tener lugar en medio de lo que yo nunca hubiese supuesto: aquella paz impuesta, decretada, alrededor suyo.

Describió seguidamente el entierro en la colina, azotada por un viento bíblico, consignó las miradas acusadoras de los hombres a través de la fría llovizna, el llanto de su madre abrazada al féretro, las paletadas de cemento y mi propia cara que, al reflejarse casualmente en el cristal abyecto de un nicho, me devuelve el dudoso consuelo de una imagen nueva: los cabellos al viento y la fina boca de dolor, y encima el labio limpio, decentemente desnudo, largo, extraño. Como último tributo a una conciencia siempre valerosa y despierta, que de algún modo yo había abocado al horror y a la locura, ciertamente no era gran cosa. Añadiré que la estúpida parodia había tenido lugar horas antes del entierro: solo frente al espejo, probándome el luto, intentaré casi con rabia recuperar esa hipotética sombra de mí mismo; he decidido por fin el día, el lugar y la ocasión, he escogido la navaja —regalo de mi cuñada— y vuelvo a ver el espejito centelleando en el jardín, colgado en el tronco del pino, mis dedos pellizcando la nariz hacia arriba y el fulgor de la hoja en su primera pasada a ras de labio. Por supuesto, no guía mi mano ninguna banalidad estética; estamos en el 42, yo tengo apenas 26 años y mantengo con mis facciones, algo crispadas y encastilladas, lo admito, excelentes relaciones. Se trata, supongo, de una forma vergonzante de desahogo (vapores del Penedés incluidos: el sentimiento de culpa me empujó a liquidar una botella de blanco yo solito), de autoescarnio, una extravagancia cuyos laboriosos pormenores aún hoy me tienen perplejo. Porque una vez afeitado el infausto bigote se me ocurre rematar el desatino juntando los pelos decapitados y pegándolos como pude, malamente y con pegamil, en uno de los luceros que campean, sobre fondo negro, en la cubierta del librito de Urrutia, edición 1938, con prólogo trompetero de Halcón. ¿Por qué esta payasada, qué sentido tiene? ¿He de confesar cuánto amé ese libro de poemas, cuánto había significado para mí?

Pero permítaseme abreviar este repertorio de gansadas. En una caja de pañuelos a cuadros que había sido de mi padre, y que lucía una rubia cabeza de caballo en la tapa, guardé el libro, la navaja y el espejo, pero la broma acabó por fastidiarme y a punto estuve de tirarlo todo por encima de la tapia. Vale. Folio sesenta y nueve, capítulo seis, intercalar en punto y aparte tercera línea.

Cuando se levantaba de la mesa sonó el teléfono. Al reconocer la voz de su cuñada, se armó de paciencia y se tumbó en la butaca. No veía a Mariana desde mucho antes de la muerte de Soledad y esperaba la reprimenda: por qué no había asistido por lo menos al funeral, por qué no llamó por teléfono al volver de Roma, siquiera para enterarse de lo ocurrido, por qué se había encerrado en esta casucha junto a un mar contaminado. ¿Cuándo acabaría las dichosas memorias?

—Te llamé a la revista, pero me dijeron que estabas de viaje. —Se excusó él, sin convicción—. Hablé con mi nuera, antes de que regresara a Alemania con Xavier, pero no me contó gran cosa. Parece que la pobre Sole se sintió mal subiendo las escaleras, no funcionaba el ascensor... ¿No iba nadie con ella?

—La tía Marta, figúrate, con sus ochenta años.

Empezaba a ver los dedos crispados en el pasamanos, la boca desencajada buscando aire y los ojos de espanto, cuando insistió la voz de su cuñada:

—Me llamó tu hijo Rodrigo. Está preocupado. ¿Qué piensas hacer con el piso de Vía Augusta?

—Que me llame él si quiere algo. De todos modos le dejo seguir viviendo allí con su chica embarazada, esa cabra loca. No pienso echarles, pero déjales que sufran un poco. No tengo nada que agradecerles excepto que se han hecho cargo del perro durante mi ausencia. Sólo estuve un momento, el tiempo justo de coger mis papeles y un álbum de fotos, y te juro que tardarán en volver a verme. Yo creo que ya no me moveré de aquí, Mari. Háblame de Soledad. Iré a Madrid y le llevaré unas flores...

—A buena hora. En fin, tampoco fue ninguna sorpresa. Últimamente se encontraba muy mal. Iré a verte el mes que viene y te contaré... Otra cosa: ¿está mi hija contigo?

—A ratos.

—¿Trabaja?

—Sí.

—Menos mal que me ha hecho caso. Te prevengo que es un bicho y que no respeta a la vieja guardia.

—Pues ya tiene a quien parecerse.

—No, no es como yo. De su madre sólo ha heredado la costumbre de pasearse por la casa tal como vino al mundo.

—Curioso.

—Ten cuidado, que va con mala idea...

—Es una chica extraña, maravillosa. —Cambió de tema—: Oye, Mari, ¿verdad que fue en el 42 que me regalaste una navaja de afeitar?

—No recuerdo haberte regalado nunca una navaja de afeitar.

—Que sí. De mango anacarado, con vetas negras.

—No...

—Procura recordar.

—No sé. En fin, si tú lo dices.

—Seguro.

—Pues bueno. Volviendo a Mariana, me han dicho que ahora sale con un pintor o algo así, un depresivo que se droga y sólo habla de suicidarse, figúrate, ella, que en depresiones me gana hasta a mí... —La voz retrocedió detrás de un creciente fragor de arena, hubo una pausa en la que sólo zumbaba la distancia o la nada, y luego volvió— ...epiléptico y oligofrénico de primer grado, si aparece por tu casa lo echas sin contemplaciones. Prométeme que lo harás, Luys. Vigílame a Mariana, me tiene muy preocupada...

Él no tenía la menor intención de vigilar a nadie, pero dijo que sí para terminar antes. Después de colgar el teléfono, sacó la cinta del magnetófono y bajó con ella al cuarto de su sobrina. Era la medianoche pasada.

5

—Hablemos de tu sistema de trabajo. ¿Utilizas algún tipo de guión para redactar las memorias?

—Un diario íntimo que llevé, bien que mal, del 39 al 57.

—¿Podría consultarlo?

—No, jovencita, lo siento.

—Está bien. Veamos. Nacido en 1916, en Calafell, provincia de Tarragona. Metro ochenta, rostro afilado, ojos azules, pelo estirado y canoso y una leve cojera en la pierna izquierda... Herida de guerra, ¿no? Ven, tío, siéntate a mi lado, junto al magnetófono.

—Fue un accidente. No tiene el menor interés.

—Pero la convalecencia sí, fue muy decisiva en tu vida.

—Según. Luego veremos eso. Por el momento deseo aclarar que esta cojera no proviene de mi vieja herida del frente...

—Vamos por partes. Antes de convalecer en un hospital de Pamplona, ¿es cierto que Luys Forest trabajó para el SIFNE, que dirigía Bertrán y Musitu desde Biarritz?

—¿SIFNE...? Dame las cerillas. Deberías encender la luz del techo, sobrina.

—Así está bien. Facilita la confidencia.

También él intuía que la penumbra era propicia, pero aún no sabía a qué. El cuarto olía a una variedad pagana de incienso. Se sirvió el segundo whisky, esta vez sin hielo, y dejó la botella sobre el escritorio. Renunciando, no muy convencido —ciertas confesiones sólo resultan creíbles rendidas de pie—, a seguir paseando, se sentó al borde de la cama de Mariana, que recostaba la espalda en la cabecera, fumando. Ahora él tapaba con su cuerpo la leve claridad lunar que entraba por la ventana, ensombreciendo aún más a la muchacha, de la cual sólo distinguía las brillantes pupilas y los hombros desnudos. Con la sábana liada al cuerpo, como si saliera del baño, Mariana tenía las rodillas alzadas y sostenía un bloc y un bolígrafo que aún no había usado.

—Servicios de Información del Noroeste de España —dijo ella con sorna—. La nacional, claro. Venga, tío, no te hagas el longuis. ¿Es cierto que fuiste agente doble en Marsella, desde donde informabais a Burgos del movimiento de barcos con suministros para la zona republicana?

—Oye, ¿seguro que este cacharro graba? ¿Dónde está el micro?

Mariana corrigió la posición del aparato sobre la almohada, junto a su cadera.

—No tiene. Acércate más, que no muerde, ni yo tampoco... Venga, te he hecho una pregunta.

—Yo apenas me moví de Burgos y de Salamanca. Mi estancia en Marsella se debió a razones estrictamente periodísticas, profesionales. Pero tú no te has propuesto hacer una entrevista, criatura diabólica, sino una acusación en toda regla.

—Habla más alto, por favor.

—Lo vamos a despertar. —Señaló el bulto a los pies del lecho, el enredo de la colcha roja bajo la que asomaba una pierna de piel tersa, lampiña.

—Está como un tronco. Háblame de los catalanes de Burgos, de la pandilla con unidad de *Destino* y toda esa gaita.

—Muy serios, muy emprendedores.

—¿Cómo te ves tú en Burgos en el 36?

—Era un muchacho flaco, de palabra ardiente y mirada inflamada, supongo. Me veo con un uniforme como de chófer de casa de postín, las polainas atadas con cintas y corchetes hasta las rodillas, pantalón de montar azul y camisa del mismo color...

—Muy mono. Quedamos en que regresaste a Barcelona a finales de enero del 39. Dirigías la colección «Crónicas» de Ediciones Jerarquía, sin ningún entusiasmo, según dices. ¿Sabías ya entonces que tu padre estaba preso?

—Me enteré al llegar.

—¿Y que lo habían torturado?

—No.

—¿Qué hiciste al saberlo?

—Todo eso lo cuento en el capítulo que mañana pasarás en limpio.

—Hazme un resumen.

Echado sobre un codo, Forest vio por encima del hombro cómo el fotógrafo reptaba lentamente, bajo la colcha, hasta colocarse entre su espalda y la cadera de Mariana. Una de las piernas del núbil muchacho quedó cruzada sobre la de ella, que ahora se había dejado resbalar un poco como si quisiera favorecer ese contacto. Sin embargo, su expresión concentrada, ausente, no revelaba el menor signo de sensibilidad. Ni siquiera poco después, cuando la mano pequeña y lívida se posó en su cadera y empezó a frotarla con reflexiva parsimonia, notó Forest en la cara de su sobrina la menor señal, no ya de complacencia, sino de percepción. Ella se ladeó, indiferente, y atrapó la taza de té en la mesilla.

—Por aquellos días —decía Forest— yo andaba muy ocupado en organizar los servicios de Propaganda. Teníamos las oficinas en la Diagonal, junto al Paseo de Gracia, y en las primeras semanas de la ocupación el trabajo era enorme. Pasó casi un mes antes de que pudiera viajar a Calafell. Supe que mi padre estaba en la Modelo, y en seguida movilicé mis influencias. Pero no pude sacarle hasta mucho después, y ya fue demasiado tarde... ¿Por qué te atiborras de té, sobrina?

—Me coloca. ¿Dónde vivías, en la Barcelona ocupada?

—No era fácil encontrar alojamiento. Me habría gustado el Ritz, pero estaba al completo con la plana mayor del ejército. Por mediación de José María Tey me vi obligado a aceptar hospitalidad en una casa de la calle Aragón. Varios miembros de la Delegación de Prensa y Propaganda conseguimos alojamiento así, gracias a la amabilidad de algunas familias... El resto ya lo conoces. La dueña de aquella casa, viuda de un prestigioso fabricante de papel, sería tu abuela Isabel, y una de sus hijas, la mayor, tu tía Soledad Monteys, que había sido medio novia de José María Tey; la otra es tu madre, que ya entonces escribía unos finísimos artículos sobre decoración y muebles antiguos en la revista *Vértice*...

—Ya sé. Háblame del piso de la abuela. ¿Te pareció, la primera vez que lo viste, un piso de ricos?

—No sé a qué te refieres. Tu abuela era ciertamente muy rica.

Mariana sonrió, echando la cabeza atrás con los ojos cerrados. Forest pudo distinguir, mediante un leve desplazamiento del torso que dejó pasar la luz de la ventana, la furtiva mano ahora en su pecho y el pezón rebrincando entre los dedos. Pero ella ni caso. La mano del fotógrafo se inmovilizó de pronto, como dormida.

—A ver si nos entendemos, tío. Tú eras un don nadie, hijo de pescadores...

—Lo era y lo soy.

—Pues eso. ¿Sabías que la abuela era rica, antes de hospedarte en su casa?

—Bueno. Chema me había hablado de las hermanas Monteys. Y en Pamplona había conocido al otro hermano, Enrique, que luego moriría en el frente. Pero insisto: ¿qué especie de maligno reportaje estás tramando?

—Recojo datos, eso es todo. Sigamos. ¿Quieres que vaya a por hielo? Vuélvete, tío, así no te veo la cara.

—Debería irme a dormir. Son más de las dos, este cigarrillo tuyo apesta y estoy cansado.

—Por favor. —Sopló la brasa del cigarrillo,

blando y chisporroteante, y se iluminó su cara—. Una vida tan apasionante.

—No te hagas la ingenua conmigo. Tu madre ya me advirtió que venías preparada, que sabes todo de mí... Y si no recuerdo mal, hiciste la tesina sobre mis libracos.

—No cambies de tema. Vamos hasta la boda y la primera crisis de conciencia, sé que estás deseando hablar de eso. Pero antes dime, ¿cómo era el hogar de las señoritas Monteys?

Probablemente Elmyr se había dormido otra vez. Su mano, yerta, resbaló hasta el regazo de Mariana y se ocultó de nuevo bajo la colcha roja. Lo mismo que antes, ella no pareció darse cuenta. Su tío, mientras evocaba con displicente voz aquel profundo piso del Ensanche, lleno de plantas olorosas y muebles estilo japonés, con profusión de laca y de nácar, veía caer sobre el borroso seno, que el borde de la sábana dejaba casi al descubierto, la lenta ceniza del cigarrillo junto con alguna chispa desprendida de la brasa. Llegó a pensar que, tal vez, a estas horas de la noche, los efectos de la hierba potenciaban otra clase de sensibilidad, más anímica y sutil.

—Recuerdo también un gran tiesto de hierbabuena en la entrada. El piso estaba siempre en una penumbra, o así lo veo hoy, siempre con los balcones cerrados sobre la calle Aragón, sobre la zanja por la que entonces pasaban los trenes. Nos defendíamos del hollín, de los silbidos, del trepidar de los vagones... y, naturalmente —añadió con una sonrisa que ella no captó—, de los rojos y los masones que aún quedaban.

—¿Qué fue lo que más le impresionó al provinciano ambicioso que eras al entrar en aquella casa por vez primera?

—El olor a cera del piso y un efluvio picante de trementina en la caoba, un excitante olor a limpieza, a orden, a esmero en los detalles.

—Perfecto. ¿Cómo era la abuela Isabel?

—Delgada, pulcra, amabilísima. Entonces tendría unos cincuenta años. Una mujer notable. Tras el luto ocultaba un espíritu bullicioso, extravagante y sarcástico.

—¿Cómo enamoraste a la tía?

—Lo ignoro por completo.

—Volvamos atrás. ¿Cómo era tu vida de huésped en la respetable mansión de los Monteys?

—Veo un joven introvertido y algo fúnebre, con un volumen de Garcilaso eternamente pegado al sobaco, una camisa blanca abierta a lo Byron y una cojera añeja, romántica. Un tipo más bien insufrible, me temo. No te será difícil deleitar a los cándidos lectores de tu revista presentándome en aquel saloncito en penumbra al acecho de las señoritas Monteys, dormitando en el sillón orejero con un libro en las manos, la pupila desbocada y una discreta tensión en la bragueta. Puedes describirme así, si quieres, y con su pan se lo coman... Por cierto, provocaba casuales encuentros por toda la casa con ambas hermanas, aunque en esa época mis preferencias iban por tu madre. Las dos tocaban el piano y les gustaba perpetrar eso a oscuras, quizá se habían acostumbrado con las restricciones de la luz. Tu madre, por ejemplo, cada atardecer se sentaba al piano con su desfalleciente *J'attendrai* y su chal morado echado sobre los hombros, que invariablemente, en los últimos compases, resbalaba y caía al suelo, lo que me permitía acercarme a ella cojeando elegantemente e iniciar alguna frase desenvuelta...

—Me chifla tu estilo, tío.

—Así pues, no tengo inconveniente en confesarlo: me aproveché de mi patética condición de huésped solitario y sin medios de fortuna, de héroe de la guerra, de mi bastón y de mi calculada leve cojera, naturalmente falsa. ¿Satisfecha?

—Querías hacerte rico.

—Esta acusación pudo herirme entonces, hija mía, hoy me hace sonreír. Después de todo, hacerse rico no es tan difícil; lo difícil es saber serlo. Pero lo que tú quieres sonsacarme, porque algo te habrá contado tu madre, pillina —añadió palmeando a ciegas la firme cadera de la muchacha—, es otra cosa que desde luego en las memorias pasaré por alto. Y ten por seguro que no te hablaría de ello si la pobre Soledad aún viviera...

—Está bien, pesado. No lo grabo. —Llevó la mano velozmente hasta el magnetófono y pulsó una tecla—. Ya está. Pero acércate. ¿Estás cómodo? Apóyate en mí, sin vergüenza, hostia. ¡Con la mala fama que tenías en la familia! ¿Cuánto hace que no traes mujeres a esta casa?

—Dejemos eso. En compensación, tomaré un trago más... ¿Dónde estábamos? Ah, sí. Tu anciano tío Luys no niega que desplegó ante las señoritas Monteys una sutil estrategia sentimental. Hoy ya no está de moda eso...

—Hablemos a calzón quitado, tío. ¿Estarías dispuesto a admitir que se trató de un braguetazo?

—Estaría dispuesto, guapa, si estuviera seguro. No lo estoy, como en tantas cosas. Por otra parte, mi romántica estrategia no tardó en revelarse innecesaria y risible. Las hermanas Monteys, y en especial tu tía, poseían un temperamento sexual de primer orden y pasaron como auténticas locomotoras por encima de mi poética cojera, mis sutiles asedios y mis queridos libros.

—Apasionante. ¿Es cierto que la tía te folló detrás de un piano de cola?

—Modera tu lenguaje. Era un piano vulgar y corriente. Pero dejemos tan elegante cuestión para mañana. Quiero trabajar un rato más.

Se levantó, con mal disimulada premura se ajustó los faldones del batín, luego se volvió desde la puerta. Desvelada del todo, con las pupilas brillantes, Mariana se hurgaba la cabeza con el bolígrafo y le miraba fijamente, sonriendo, mientras con la otra mano tanteaba el cuerpo de su amigo.

—Te estaremos esperando, tiíto.

6

Había dejado atrás la adolescencia retraída en el pueblo, la traición al mar y al oficio paterno; había narrado la huida del hogar en el 34, el duro aprendizaje en un periódico de provincias y el decisivo salto a Barcelona; había descrito la sórdida pensión del Paralelo, evocado el hambre como una entidad literaria, los estudios inacabados de Derecho, los sueños febriles y la magnificada soledad; había confesado después, dialécticamente instalado en la duda, su adhesión juvenil al esfuerzo bélico-heroico y su bautismo de fuego (que vergonzantemente acababa de sustituir por una humilde caída en las letrinas del destacamento, rompiéndose la pierna), la convalecencia en un hospital de Pamplona y la amistad entrañable con José María Tey, aquel espíritu quimérico que escribía sonetos en su pierna escayolada, que le empujaría otra vez al latín y que le llevaría a Burgos a trabajar con él en los Servicios de Prensa y Propaganda; había evocado los primeros contactos con los camaradas plumíferos de la zona nacional, unidos en la esperanza de una patria asuntiva y superadora, y los primeros artículos en revistas y diarios, el primer cargo de responsabilidad y el primer libro de relatos de guerra que dio a la imprenta; había revivido puntualmente la emoción del regreso a Barcelona, pisándole los talones al general Yagüe por los altos de Pedralbes, la ayuda a Tey en la instalación de los servicios provinciales, los complejos acuerdos con los intelectuales catalanes y con las imprentas, editoriales, cinematógrafos y bibliotecas que habían de trabajar desde entonces para Editora Nacional. También había reinventado fielmente aquel piso profundo y musical de la calle Aragón y el primer encuentro con las hermanas Monteys, con sus chales morados, sus ojos pesados de sueño y el erguido resplandor de sus pantorrillas enfundadas en medias de luto; y la habitación que le destinaron frente a la que había pertenecido al hermano muerto en los despeñaderos de la Sierra de Cubilfredo, y que seguía mirándole desde el más allá en un retrato con marco de plata sobre una mesita-altar del pasillo, sonriendo con la boina ladeada sobre la ceja y las solapas subidas de la trinchera negra; y las largas veladas en el salón con la animosa viuda y sus hijas, evocando para ellas una y otra vez los altos ideales y la camaradería del heroico caído en los Pirineos con las tropas de Navarra, y la discreta pero elocuente cojera que enternecía a las dos hermanas, el amor, la boda, el viaje a Italia... Finalmente había consignado, en barrocas parrafadas interminables, las primeras decepciones en su oficina de la Delegación, los primeros roces con José María Tey y su intolerancia, los amargos y reiterados fracasos al querer publicar autores vernáculos, al intentar imponer su voluntad de reconciliación y de respeto para con una lengua y una cultura que estaban siendo pisoteadas...

No dejaba por ello de asumir pecadillos de vanidad, no negaba que también se había aprovechado algo de la situación. En una cinta se escuchó:

—Mea culpa por haber dado a la prensa, en esa época de silencio y vejaciones para tantos admirables talentos, cierto librillo de poemas cuyo título haré bien en callarme, desbocado romance de caballería que hoy yace justamente en el desván del olvido, aunque al autor le gustaría salvar de él cierto cordón épico-lírico tendido al latín...

En este momento, el memorialista creyó percibir en el aire un suave olor a pegamil. Le llegó la voz de Mariana desde el pie de la escalera:

—Tío, cuando salgas a pasear avísame. Haremos unas fotos.

—Está bien.

O tal vez a carroña, un dulce olor a carroña que Mao habría escarbado por ahí, en la playa o en el jardín.

—Estaré en mi cuarto —añadió Mariana—. Me llamas.

Miró en el interior de la vieja máquina de escribir, el altísimo teclado de la Underwood. Recordó la vez que un ratón diminuto quedó atrapado en este teclado y murió, esparciendo por el estudio un nauseabundo olor cuyo origen él tardó horas en localizar.

Trabajó hasta el atardecer, con tres incursiones moderadamente alcohólicas a la cocina, la última acolchada con queso y jamón dulce. Más que redactar, lo que hizo fue consultar cintas que había grabado tiempo atrás. Porque necesitaba convencerse primero a sí mismo, sus borradores eran en primera instancia orales, lentas y entonadas grabaciones, pacientemente silabeadas y reiterativas, cíclicas, una frecuentada memoria que conservaba en cintas clasificadas y apiladas en los estantes de libros que forraban las paredes del cuarto a manera —le gustaba pensarlo— de material aislante contra el dudoso presente, y que se prolongaba a ambos lados del pasillo hasta alcanzar la puerta de la terraza, en el otro extremo de la casa. Con frecuencia acudía a este bosque de recuerdos enlatados para repescar un nombre o una fecha olvidada, y al escucharse de nuevo, a veces, detrás de su voz pretérita creía detectar una vaga presencia audible. En las grabaciones más antiguas le parecía escuchar a un desconocido: no recordaba su propia voz ni lo que contaba, pero sí el modo de contarlo. Preocupado siempre por cuestiones de tono y ritmo, dualidad que en definitiva era la única capaz de transmitir la verdad y la vida a lo narrado, pensaba él, su oído registraba furtivas modulaciones, matices que sólo podían haber dictado la prevención y el recelo. ¿Habría intuido ya entonces, al registrar estos hechos para salvarlos del olvido, la malignidad del virus que un día había de corroer la artificiosa escenografía, el implacable reverso de la memoria?

Revisando viejas anotaciones en los pequeños blocs de tapas negras, donde nombres y direcciones reales —pero olvidadas— se mezclaban con relampagueantes recordatorios de acontecimientos ficticios, mustias metáforas, sueños y fermentaciones pretéritas de una prosa taimada y arrogante, advirtió la reiterada presencia de una furgoneta azul de reparto de coñac, la imagen casi subliminal de un faro ciego bajo la lluvia y una cabina de cristales velados, sin nadie al volante. Curiosos detalles de la misma visión espectral sobre el húmedo asfalto se repetían, mal esbozados, a veces indescifrables, a lo largo de una década de anotaciones. ¿Una veleidad lírica, transcrita en noches de euforia alcohólica? No sabía lo que podía significar, pero le fascinó. Decidió repescar la imagen, trasladándola al margen de un folio mecanografiado... Luego le venció la fatiga y lo dejó.

Poco después, en el vestíbulo, mientras escogía el bastón para el paseo, llamó a Mao. Pero el perro no dio señales de vida, y tampoco su sobrina.

La encontró más allá de los últimos apartamentos de la playa, sentada en el tronco de una higuera medio enterrada en la arena de la rompiente. En el viejo Sanatorio, cuya destartalada terraza invadían la arena y los rastrojos, había niños jugando y un hombre dormía en la rampa con un periódico en la cara y las manos en la nuca.

—¿Y Mao? —dijo Mariana.

—Debajo de alguna cama, apestando. Creo

que ha comido carroña. ¿No querías hacer fotos?

—Se están haciendo.

Forest se volvió. A unos cincuenta metros, agazapado entre las dunas, Elmyr disparaba su cámara apuntándole con objetivo telescópico. Se aproximaba, retrocedía, evolucionaba en torno a ellos. Forest se sentía incómodo. Mariana se interesó por sus primos, que no veía desde hacía seis años.

—No sé —dijo su tío—. El mayor posee, al parecer, un notable y aburrido cerebro de computadora. Sigue en Alemania, con su lío nuclear y conyugal. Ya ni me escribe. El pequeño hace publicidad y gansadas, vive en el piso de Vía Augusta con esa cabra loca, con su barba piojosa y sus pantalones tejanos de entrepierna ajustada, como si aún tuviera dieciocho años.

Caminaba de prisa, perseguido por el objetivo. Se quitó las gafas y las limpió con el pañuelo. Mariana dijo:

—Verás qué bien. Haremos una cosa en la línea escritor acosado por sus fantasmas, con el mar, el viento, la soledad y toda esa gaita.

Lamentó la ausencia del perro, el reportaje habría resultado más testimonial.

—¿Te sirve éste? —dijo Forest sonriendo.

Ella sólo vio al niño que se acercaba por la orilla arrastrando una vieja correa con el collar y un cascabel en el extremo, dejando en la arena un surco que las olas barrían con premura. Llevaba un slip naranja sucio de alquitrán y las rodillas manchadas de mercromina. Era nieto de Tecla, según supo después, y huérfano de padre. No tendría más de seis años. A juzgar por la trayectoria de su mirada, muy por encima de la correa del animal, éste podía haber sido enorme, casi tan alto como él y probablemente lobo. La muchacha admitiría más tarde, comentando el insólito caso con su tío, que también ella llegó a sugestionarse al tener que acariciar a un perro de incierto pelaje, raza dudosa y color ninguno, y que incluso creyó oírle ladrar. Ahora, mientras se acercaba el crío, Forest le contó brevemente la maravillosa historia, la ilusión enfermiza del niño por tener un perro, cómo había envidiado a los otros niños que tenían esta suerte, cómo intentó una vez robarle un dálmata al hijo de un veraneante y cómo dio siempre la murga a su madre y al vecindario; y que un día encontró al chaval en casa, mirando entristecido una vieja correa de Mao colgada en el perchero, y se la regaló, inventando juntos ese perro invisible que el niño sacaba todos los días a pasear y mostraba orgulloso a sus compañeros, y que ya todo el pueblo conocía.

—Hola, señor Forest.

—Hola, David. Ésta es Mariana, mi sobrina.

Ella le despeinó cariñosamente. David dio un fuerte tirón y el collar vacío revoloteó.

—Quieto, Centella. —Grave, oscuro como el barro y muy tieso, alertado, sujetaba firmemente la correa con la mano pequeña y nerviosa, tan sucia que se confundía con las primeras sombras de la noche—. No tengas miedo, no muerde.

—Ya veo, ya.

Al tironear la correa, sonaba el cascabel. Trotando alrededor de ellos, ahora con una sonrisa burlona que a veces intercambiaba con Mariana, el escurridizo fotógrafo seguía disparando su cámara. Cuando Mariana iba a echarse a reír del chico, la cansada mirada azul de su tío fija en aquel fantasma, atenta y considerada, la contuvo. Desconcertada, corrigió la dirección de sus ojos y escogió la misma referencia en la nada, la misma fijeza y consideración, y entonces, por seguir el juego, esquivó una hipotética embestida de los blancos colmillos y retrocedió de espaldas a la orilla, donde el velo rosa y malva del agua alcanzó sus pies desnudos. Sintió la marea ciñendo fríamente sus tobillos y en seguida la porfía del agua en retroceso socavando la arena bajo sus plantas, creando un vacío vertiginoso que repercutió en su mente.

—A mí fotos no —dijo a Elmyr con un agobio—. A mi tío.

—A Centella también le gusta bañarse —dijo David correteando por el agua—. Nada muy bien.

—Pero ya te dije que los baños de mar no son buenos para su pelo —advirtió Forest—. Y tampoco para sus oídos.

Al despedirse David, Mariana extendió el brazo y, ondulando suavemente la mano en el aire, trazó una silueta en el vacío, una parábola de caricia en descenso sobre el supuesto pelaje del perro.

—Adiós, Centella, perro bonito...

Su tío observó ese gesto voluntarioso e imaginativo con una expresión —según ella pudo captar de reojo— mucho más afectiva que irónica, casi con ternura.

7

—Prosiga el capitán Araña.

—Hoy tenía la esperanza de encontrarte dormida.

—¿Qué pasa? ¿No tienes ganas de hablar?

—Al contrario. Pero es muy tarde.

—Quedamos en que la tía te violó detrás del piano una noche de tormenta y restricciones de luz...

—Calma, sobrina.

Observó de cerca los nerviosos dedos de la muchacha liando el pitillo, el impetuoso vaivén de los pulgares. Llevaba un chalequito celeste, desabrochado. El resto era todavía confuso, ni siquiera distinguía si estaba sola en la cama.

—Calma. Ya te dije que en esa época me gustaba más tu madre... Veamos. Fue como un deslumbramiento. Yo nunca había visto semejante llamarada de fervor en un rostro educado en la beatitud y el decoro. Aquellos párpados cargados de sueño en todas las Monteys, incluida tu abuela, aquella capacidad de los pómulos para absorber la luz... ¡qué camelo espiritual, dicho sea de paso! Por cierto, no había de volver a percibir ese falso esplendor de la serenidad, ese espejismo de indiferencia precisamente hasta ahora, tan lejos en el tiempo y aquí, parpadeando en esta carita pecosa tras el humo pestilente de un petardo... Quizá si tu madre no hubiese empezado a salir con José María Tey... Pero el destino dispuso las cosas de otro modo, como vas a ver. —Calló un momento, pensativo—. Es la primera vez que hablo de esto.

Observación que no pareció interesar a Mariana. Trazaba garabatos en el bloc de notas y se había dejado resbalar un poco apoyando la espalda en la almohada. Por lo demás, todo seguía igual que la víspera. Su amigo dormía de costado entre los dos, enredado en la colcha. Mariana fumaba con los ojos bajos y la barbilla pegada al pecho. La ceniza, con alguna hebra encendida, caía blandamente sobre su pecho izquierdo, que asomaba por el borde del chaleco abierto.

—Ocurrió un día que tu abuela no estaba en casa —prosiguió Forest—. Yo corregía en mi habitación las pruebas de mi primer libro para una reedición, aquellos pobres relatos de guerra acerca de los cuales tú escribiste en una revistilla, hace unos años, que sería lo único de mi obra que salvarías del fuego...

—Cuando hacía reseñas de libros yo era una niña cursi.

—No. Tenías razón.

—No cambies de tema, por favor.

—Bien. Anochecía cuando empezaron a llegarme unos acordes del piano, las obsesivas notas de *J'attendrai*, que era la pieza que tu madre solía interpretar con más aplicación. Me concedí un descanso y me dirigí al salón. Estaba casi a oscuras y me paré en el umbral. Ardían sobre el piano dos candelabros de plata y vi en el suelo el chal de tu madre, junto al taburete. Ella llevaba el pelo recogido en una coleta y se inclinaba sobre el teclado... Te vas a quemar, hija.

Con la candorosa garra sacudió la ceniza

del pecho, dos veces, tres. Sintió que le invadía una repentina ternura, una vaga tristeza (pero más bien de sí mismo, inexplicablemente) ante el indiferente temblor de gelatina del seno, con su furor y su seda dormidos. Probó a imaginar una reacción estimulante, que el pezón rebrincaba, por ejemplo, que la muchacha arqueaba la espalda entre turbada y estremecida, apurada; pero ni siquiera le miró, ni a él ni a la trémula mano, y no hizo el menor comentario.

—Continúa con tu excitante melodrama de candelabros, chal y piano de cola. Me encanta, tío.

—No me atrevía a entrar, aunque sabía que cuanto más tardara en revelar mi presencia, más embarazoso me resultaría justificarla. De pronto, el teclado enmudeció y vi que ella rendía la cabeza despacio, como anticipando una entrega simbólica. Todavía hoy me pregunto cómo fui capaz de llegar hasta su espalda, recoger del suelo el chal morado y, al ponérselo en los hombros, depositar un persistente beso en su nuca. Ella siguió tocando.

—Desternillante.

—¡Oh, lo creas o no, de pronto me pareció Beethoven en ritmo de swing!

Soltó una carcajada y alcanzó la botella de la mesa. Mariana le palmeó la espalda.

—Puedo creerlo todo. ¿Quieres hielo?

—No. La oscuridad y mi propio arrebato me cegaron... —prosiguió su tío, adoptando ahora un tono decididamente cáustico—. Girando en el taburete como una peonza, me rodeó con los brazos y me besó en la boca. Y bien, jovencita, puedes reírte. Todo ocurrió de la forma más satisfactoria y conveniente, dada la urgencia del caso, es decir, allí mismo en el salón.

—Qué divertido —dijo ella sin mucho entusiasmo—. ¿Eso es todo? Pásame el té.

—Te estoy hablando de tu madre, cínica, ¿o es que no te has enterado?

—Bien, resulta que fue mamá quien te folló. Y qué.

—Ah, falta lo mejor. Me va a resultar difícil, estando tú aquí semidesnuda, impedir que un recuerdo poético no degenere en una farsa vodevilesca...

—Adelante, tío.

—Es que no nos vimos la cara ni pronunciamos una palabra. Y sólo cuando ya expiraba sobre ella, pude darme cuenta de mi error... El corazón me dio un vuelco. Debo precisar algo respecto al *J'attendrai* que creí escuchar camino del salón: había llegado a resultarme tan obsesiva esa pieza predilecta de tu madre, oyéndola desde mi cuarto en mis febriles noches solitarias, tan torturante, que me había propuesto olvidarla; a juzgar por lo que sigue, no sólo no lo conseguí en absoluto, sino que ya era incapaz de oír otra música. Una intriga erótica, en un intelectual racionalista como yo, es una espectral tela de araña en la que más te enredas cuanto más haces por librarte de ella. Sólo así se explica que pudiera oír las saltarinas y excitantes notas de *J'attendrai* cuando lo que salía del teclado era una desmayada versión del dichoso *Lago del Como*, lo único que perpetraba de oídas tu pobre tía Soledad, que era por supuesto quien estaba al piano... El chal morado sí que era de tu madre, y probablemente llevaba todo el día tirado allí en el suelo.

—Tiene bastante gracia. No apoyes tu zarpa en mi cadera, tío, por favor, ese contacto podría precipitar tu fin y el de una servidora.

—Creí que no lo sentías.

—No lo siento, pero lo veo.

Seguía fumando con aquel relajo que más parecía una postración, acumulando fluido gatuno en los pómulos y en la boca. Sorbió otro poco de té frío y el líquido se derramó por sus comisuras hasta el pecho, donde se mezcló con la ceniza. Fue entonces cuando él tuvo la intuición de lo posible: efectivamente, esta piel como la porcelana no era sensible al tacto, o quizá lo era en una forma tan intensa y fulgurante (había oído hablar de eso), potenciada hasta el desvarío, que ya estaba más allá de la inconsciencia. Imaginó que la pellizcaba y que ella no se enteraba. La curiosidad pudo finalmente más que el temor, y recostándose hacia un lado, proyectando más sombra sobre Mariana, dobló el brazo derecho por detrás de su propia espalda para ocultarlo a la vista de ella y avanzó la mano a ciegas, siguiendo la misma ruta ascendente que ayer había abierto la soñolienta extremidad del fotógrafo, que ahora dormía como un leño. En el peor de los casos, ella creería que la mano era de Elmyr... Sintió crecer entre los dedos la cereza del pezón. Ella ni siquiera pestañeó.

—En el fondo, aquel error venía a poner las cosas en su lugar —concluyó Forest—. Sole era la mujer que me convenía. En honor a la verdad, le debo todo lo que soy.

—Estás nervioso, tío. ¿Quieres que lo dejemos?

—¿Cómo?

No acababa de creer que fuese posible aquella lejanía sideral del cuerpo, aquel peligroso sopor.

—Me has hecho hablar de lo que no debía —añadió para ganar tiempo, para convencerse del todo—. Pasemos a otra cosa. La boda, por ejemplo. ¿O eso no te interesa?

—¿Cómo fue? Muy azul, supongo.

—Íntima. Aún llevaban luto por el padre y

el hermano. Ni chaqués, ni música de órgano, ni lunch en el Ritz. Firmaron como testigos José María Tey, Ignacio Agustí, Germán Barrachina y Luis Ros.

—¿Viaje de novios?

—Fuimos a Italia. Venecia, Florencia... Pero no resultó del todo. Soledad estuvo la mitad del tiempo con gripe. A la vuelta nos instalamos en casa de su madre. No teníamos intención de quedarnos mucho tiempo, pero mi suegra empezó a pasar largas temporadas en la finca de su hermana Marta, en Gerona, y acabó por dejarnos el piso.

—¿Mamá vivía con vosotros?

—Al principio sí. Viajaba mucho. Resumiendo aquella época esperanzada y feliz, habría que anotar el compromiso formal de tu madre con Chema, durante un viaje a Berlín que hicieron con una delegación cultural; mi nuevo despacho en la Sección de Ediciones; el primer verano en Calafell con Sole, y por último la muerte de mi padre, que habría de precipitar la primera crisis grave.

—Hablemos del hundimiento de tus ilusiones más azules, venga. ¿Fue entonces que ya empezaste a sentirte incómodo a la sombra de los principios fundamentales e inmutables?

—Ésa es una historia muy larga, sobrinita, y puede esperar. Habrá sorpresas.

—¿Por ejemplo?

—Por ejemplo que hace treinta años ya quise bajarme del carro.

Mariana arrugó el ceño:

—¿De veras? No esperaba oír eso. ¿Y qué te impidió hacerlo?

—La enfermedad de Sole. Pero creo que deberíamos ahorrar a tus lectores los detalles de una crisis que ni yo mismo, todavía, tengo muy clara...

—Me hago un lío de fechas, tío. ¿Cuándo empezaste a dudar de una ideología que no era más que un amasijo de intereses de clase, por decirlo con tus mismas palabras de hoy? ¿Antes o después de casado? Es decir, ¿antes o después del braguetazo?

—La apreciación es incorrecta.

—¿Por qué? ¿Acaso tu boda no formaba parte de ese amasijo de intereses? Y conste que la idea no es mía, es lo que opina la gente: ¿nunca oíste en el pueblo ningún comentario sobre tu casamiento con una Monteys? Eras tan guapo, tan irresistible...

—Si lo oí alguna vez, lo olvidé. Tu calumniado tío se casó por amor.

—Bien, ya estás casado. ¿Satisfecho con tu cargo oficial? ¿Cómo era tu trabajo en la Sección de Ediciones?

—Discusiones con Chema todo el tiempo. Se estaban pisoteando una lengua y una cultura y yo no estaba de acuerdo. Disentía del partido en muchas cosas, ya no celebraba el 18 de julio con luminarias ni parabienes... Cuando me decidí por fin a dejarlo, llevaba mucho tiempo disimulando ante mis superiores y ante la propia Sole, tejiendo entre ellos y mi vida conyugal una red de triviales miserias. Por ejemplo, vestía el uniforme lo menos posible. Tu tía lo notó, adivinó lo que me pasaba. Leyendo mis artículos en los diarios, ella siempre descubría alguna frase desencantada, un amago de desilusión. No sé exactamente cuándo empezó aquella rabia sorda, aquella vergüenza. Al salir de la oficina o de alguna recepción oficial, ocultaba la boina roja en el bolsillo, la estrujaba, la sentía en mi mano como un pájaro muerto... Y camino de casa, viendo las puntuales cloacas de la calle Aragón bostezar a mi paso, más de una vez estuve tentado de desprenderme del pequeño cadáver.

—El pequeño cadáver, qué bonito, tío.

—Un año después de enterrar a mi padre me decidí por fin a dar el gran paso...

—¿Por qué lo has mantenido en secreto tantos años?

—No lo vas a creer, nadie lo va a creer.

—Adelante, ex combatiente, engrasa tu viejo máuser y otea el horizonte del dilema.

—La primera persona en saberlo tenía que ser mi mujer, y yo sabía que mi decisión le causaría un disgusto de muerte. Sole era una activísima y fanática instructora de la Sección Femenina, en cuya delegación provincial trabajaría durante más de quince años. Vivía entregada a una militancia tenaz, a unos ideales que juntos habíamos compartido siempre. Para un soñador vencido (un soñador ni fuerte ni despiadado, lo contrario de lo que yo quería ser entonces) la idea de ver a Sole enfrentada a este tipo de infidelidad era insoportable. Llevaba la insignia del yugo y las flechas bordada incluso, es un decir, en los camisones.

—Que me troncho, tío.

—Junto con sus íntimas amigas Lula de Soto, Araceli Elola y Vicky Prada preparaba a las chicas de la S.F. y organizaba programas de actuaciones, actos de solidaridad y visitas oficiales. Seleccionó el grupo catalán que integró en el año 48 los Coros y Danzas...

—Todo eso ya lo sé. Al grano, por favor.

El botón, duro y caliente, se había encogido en sus dedos, olvidado. Carraspeó:

—Pues verás lo que pasó... A principios del 43, cuando llevábamos casi dos años de casados, yo tenía muy meditado el asunto. Eran aquellos días desconcertantes en todo el mundo, nos llegaba el hedor espeso y dulzón de los hornos crematorios, la bota nazi seguía aplastando algo en mi conciencia...

—Hala, exagerado. ¿Fumas?

—Paso. Pero no pensaba en eso entonces, supongo. Yo tenía escrita mi carta de dimisión y esperaba a José María Tey en mi despacho. Antes de enfrentarme con la jerarquía local, quería hablar con Chema; luego me iría a casa, me armaría de valor y hablaría con Sole. Fue entonces cuando ella me llamó por teléfono. Estaba sola en casa, tu madre se había ido a Madrid. Con la voz muy fatigada me preguntó si tardaría mucho, no se encontraba muy bien. Le dije que llamara al médico, pero ya lo había hecho. Algo en su tono me alarmó. No esperé a Chema y me fui a casa con la carta de dimisión en el bolsillo. Aún me veo entrando en el dormitorio, mi sobresalto al ver a Soledad en la cama, muy pálida, con el camisón rosa y el pecho agitado, y a su lado al anciano doctor Godoy, quizá le recuerdes, era íntimo de la familia...

—Murió cuando yo era muy chica. Sigue.

—No hay mucho más. El aspecto de Sole me asustó. Hablé con Godoy y decidí, en vista de que ella estaba muy enferma, aplazar mi decisión. En cuanto a la carta, no quise echarla al correo hasta ver a mi mujer repuesta... Bien, ¿qué hora tenemos, sobrina?

—Temprano. ¿Qué pasó luego?

—Otro día te lo cuento. Puedo adelantarte que la enfermedad de tu tía no era esta vez una gripe, a las que siempre fue propensa. Y fin de capítulo. Necesito poner en orden los recuerdos... Si quieres, pasemos a otra cosa, te concedo un minuto.

—Me obligas a recurrir de nuevo a la chismografía: ¿es verdad que hiciste muy desgraciada a la tía, sobre todo en este pueblo?

—Deberías saber que un hombre público como yo, además de ser aborrecido, es calumniado.

—¿La hiciste feliz, entonces?

—Digamos que no defraudé su romántica adhesión al sistema.

—Cortemos el rollo. —Tiró la colilla por la ventana y añadió—: Un pis.

Lo que parecía una incoherencia verbal era tal vez un aviso, pero él no atendió. El brazo le dolía y le asombraba su alcance: desde hacía rato, Mariana había resbalado casi del todo en el lecho emparejándose con el fotógrafo lirón, cuyo cuerpo él notaba —un calor palpitante, más que una forma— comprimido entre su espalda y su sobrina.

De pronto vio a Mariana saltar desnuda de la cama, por el otro lado, y la sangre se le heló en las venas. Por supuesto no fue eso lo que le turbó, aquella natural falta de pudor, sino el detalle extraordinario de que su mano exploradora, aun cuando la muchacha ya no estaba a su alcance, seguía en contacto con su pecho bajo la sábana... Tuvo la pavorosa sensación de que le habían arrancado la mano y de que esa mano seguía asida al cuerpo de su sobrina, allí de pie a dos metros de distancia.

—¿Qué pasa, tío, ya no tienes sueño?

En medio del vértigo, replegó la indecorosa garra ya estupefacta (¿qué demonios había estado palpando?), la hundió en el bolsillo del batín y se incorporó como un sonámbulo. Bien, se dijo, éste es el fin de mi titubeante carrera de viejo depravado.

—A propósito —balbuceó por no estar callado, encaminándose hacia la puerta con un sudor frío en la espalda—. ¿Estabas en Madrid cuando murió tu tía? ¿La veías con frecuencia?

Al volverse, Mariana esperaba ante él con un flamante cepillo de dientes metido en la boca y una urgencia de colegiala en la alocada entrepierna. Pero su tío, absorto, le impedía el paso con el brazo cruzado en la jamba, simulando aplomo.

—He parado poco en casa, últimamente —suspiró ella—. La tía no me tenía mucho afecto y además vivía lejos. Cuando murió yo estaba en Ibiza.

—Ah.

—Perdona, me muero de ganas de hacer un pis.

Clavado en la puerta, todavía trastornado, Forest se precipitó a un lado para dejarla pasar:

—Ah.

8

Por encima de incertidumbres diversas, confusiones inevitables, recelos y escrúpulos de la memoria en marcha —cuya vieja rueda dentada no siempre se avenía a encajar con las ruedas falsas— Luys Forest creyó finalmente poder fechar con exactitud el día, la luminosa mañana de aquel primer gran paso.

Serían ciertas las palpitaciones, el pecho agitado y el camisón rosa; improbables, las manos frías, el tono azulado de los labios y el alarmante sopor; y quedaba en el aire, en espera de asesorarse con un médico, enfermedad, sintomatología y tratamiento decretados por el anciano doctor Godoy.

—Nada más verme entrar en el dormitorio, el doctor Godoy me recomienda no fatigar ni disgustar a la enferma bajo ningún pretexto. Sus viejos ojos pesarosos, medio ocultos bajo las hirsutas cejas, me dan a entender que es grave, y que desea hablarme a solas. Sentado en la cama, al coger la fría mano de mi mujer oigo crujir en mi bolsillo la carta de dimisión, los desvelos y sinsabores de cinco días con sus cinco noches. El sol incendia los altos visillos blancos de lino con arabescos y desde allí cae sobre Soledad como un manojo de lirios tronchados...

Desechó la grabación, esta vez, y desenfundó la Underwood. Frente a la hoja en blanco recordó otra vez lo que debía suceder, lo que furtivamente ya estaba escrito en la memoria venidera y necesaria, emboscado en espera de la fecha y el decorado: ese día primaveral y ese dormitorio blanco de artesonado techo y medias columnas donde serpentea el laurel, esa isla sumergida para siempre junto con su decisión de renuncia tan meditada. Ciertamente no encontró en su diario ni rastro de lo demás (ni la mala conciencia, ni el «pequeño cadáver» de la boina oculto en el bolsillo ni desde luego la carta de dimisión: no disponía de tales alibis, no habían existido jamás), pero armó la escena con vivencias, ligeramente retocadas, que correspondían realmente a una gripe de su mujer, una de tantas, que él había marcado en el diario para este fin. En rigor, esa gripe aquejó seriamente a Soledad cuando tuvo el primer hijo, un año después de los hechos que ahora iba a narrar.

Escogió la escena, pues, para extraer de ella la fuerza de lo real: la boca incolora como una herida bien lavada y la cabeza hundida en la almohada, el vello dorado en las mejillas gatunas, borrosas, y el relente de sudor sobre el labio levemente hinchado, elementos decisivos y ciertos de un retrato inacabable y obsesivo que se hallaban desperdigados en diversas fechas del diario íntimo, y que ya contenían el germen de la versión definitiva, el retrato-homenaje que siempre le quiso hacer a Soledad Monteys: una mujer algo regordeta y súbitamente apetecible, de sanas encías rojas como de plástico, despertar sobresaltado, ojos grises levemente saltones y rosada, sanguínea tez, furiosamente sexual.

Planeado sistemáticamente, ejecutado con una firme voluntad de síntesis, el breve episodio, destinado a un apéndice del capítulo XV y pendiente de ulteriores precisiones de tipo médico, alcanzaba a reflejar una generosa doble convicción, una mente en posición moral frente a dos deberes opuestos:

La memoria había de extraviar las palabras, o piadosamente las desoyó conforme salían de la lívida boca amada, pero conserva todavía hoy la intensidad febril de sus ojos de hielo. Soledad me mira alarmada. Estamos en marzo del 43, un día luminoso y frío.

—No he debido llamarte —me dice, transpirando boca arriba en la cama—. Te he asustado por nada. ¿Estabas en alguna reunión...?

—No, no.

—¿Qué te pasa, Luys?

—Qué me va a pasar. Que no quiero verte así.

—Estás tramando algo.

—Arrópate y procura descansar.

En su mano húmeda e inflada, entre las mías, siento los golpes de la sangre.

—No me engañes. Querías decirme algo. ¿Has vuelto a discutir con José María?

—Nada, mujer, lo de siempre. Que es un pintor mediocre y no soporta que se lo digan. Quiere hacerme un retrato... Tranquilízate, todo sigue igual.

—No. Me estás ocultando algo.

Su instinto infalible —el mismo que a veces ha detectado la boina estrujada en mi bolsillo, una recaída en el desánimo en mi prosa periodística o una discusión con los camaradas de la oficina— la ha alertado otra vez. Detrás de mi torpe solicitud al arroparla, capta la intensidad de mi silencio. Me interroga, me acosa con la mirada. Sin embargo, sabré contenerme, sobre todo después de hablar a solas con Godoy, que me confirma el alarmante pronóstico.

Así pues, considero arriesgado comunicarle a Soledad mi grave decisión y opto por esperar...

Poco después, mientras fumaba en el balcón y veía a David corriendo por la playa con su fiel Centella hacia el Pósito y las barcas varadas (en torno a las cuales, precisamente —pensó con la misma implacable lógica del niño soñador—, solían merodear los perros en busca de desechos de pescado), Forest cayó en la cuenta de la fragilidad del cuadro: la enfermedad de su mujer ciertamente justificaba su momentáneo silencio en aquel pretérito dormitorio japonés, pero estaba claro que no le permitía aplazar indefinidamente su abdicación al cargo y al partido; a menos que el diagnóstico del doctor Godoy revelara una dolencia cuya especial gravedad, soterrada, hubiera de persistir durante varios años...

¿Dos mentiras trenzadas con lógica no forman una verdad? Cuando aún no había concluido la primera versión, ya la segunda se imponía obligándole, con el gatillo en la memoria, inexorablemente, a ir más lejos. Vio al anciano médico (de tez macilenta y saludable barbita de nieve) diciéndole: No es una simple gripe, Luys, y no es cosa de hoy. Ella no quería que la familia se enterara, pero tú debes saber la verdad. ¿De qué se trata, doctor?...

Ese mismo día, en la cocina, mientras Tecla preparaba la comida y fregaba los platos sucios de la víspera, protestando torvamente del desorden que había traído a la casa «esa descarada que fuma como un carretero», el memorialista le preguntó si conocía algún médico, cuanto más viejo mejor, pero que no fuese de Calafell, quizá un veraneante...

—Hay uno en San Salvador —dijo Tecla—, pero no sé si está ya para visitas, y es un cascarrabias... ¿Por qué lo quieres viejo?

—Necesito saber qué recetaba hace cuarenta años. ¿Dónde vive?

Tecla no lo sabía, pero se lo preguntaría al Pau de Comarruga, un viejo jubilado que mataba el aburrimiento cultivando el huerto del médico. Ella solía comprarle lechugas frescas y tomates, pero de esto, añadió, el médico no tenía por qué enterarse.

Forest prometió guardar el secreto.

9

—Hoy podríamos hablar de cuando te pavoneabas por el pueblo con correajes y pistola, luciendo tu gloriosa cojera.

—Aclaremos esto de una vez. Volví del frente tocado de la pierna, pero la cojera sobrevino años después, y por otra causa menos épica. Una furgoneta de reparto me atropelló en las Ramblas, dándose a la fuga...

—Pero bueno, ¿no decías que ya renqueabas delante de las hermanas Monteys, y que te serviste de esa pata coja para seducir...?

—En efecto. Simulé la cojera que luego sufriría de verdad.

—Descojonante. ¿Sólo por coquetería?

—Digamos por exigencias históricas o nacionalistas, si lo prefieres.

—Entonces, ¿no fuiste herido en la Sierra de Cubilfredo?

—No en combate —mintió Forest, sonriendo por debajo de la nariz—. Lamento defraudar tus rabiosas ganas de burlarte de un supuesto héroe fascista, hija, pero lo cierto es que me caí en la zanja de las letrinas mientras hacía mis humildes necesidades, bastante lejos del frente, y con tan mala fortuna que me rompí la pierna. Diez años más tarde, una misteriosa furgoneta azul, que por cierto pudo ser frenada a tiempo y no lo fue, arrolló a la misma pierna dejándola, ahora sí, con este ritmo elegante y sosegado que tanto te excita...

Oyó un chirrido metálico en alguna parte, fuera del dormitorio. Al mismo tiempo, durante una fracción de segundo, vio por vez primera la furgoneta de reparto echándosele encima sobre el asfalto mojado, surgiendo con su faro ciego de una vieja anotación sin fecha.

Mariana se había levantado a coger una carpeta de la mesa. Se asomó a la ventana como si hablara con alguien y, al quedar de espaldas a su tío, éste pudo ver cómo se destacaba en la sombra el triángulo de oro coronando los pálidos muslos.

—Dime una cosa, tío —dijo Mariana volviendo a la cama—. ¿Una servidora sale en tus memorias?

—Pues sí... Un verano, tenías catorce años, creo, estabas en el jardín y te picó un bicho en la espalda. Yo temí que fuera un alacrán... Chupé la sangre y escupí.

—Y volviste a chupar y a escupir, una y otra vez, un poco más y te duermes. Me acuerdo muy bien de tu boca caliente, y también me acuerdo que la picadura fue muy abajo en la espalda, ya lo creo, muy abajo, y yo temblaba como una hoja. Te pusiste las botas, tío. Pero entonces yo era una niña estúpida. Bueno, ¿me has descrito físicamente en algún capítulo...? ¿Lo harás?

—No sé, depende.

—Me gustaría. ¿Quieres leer el retrato que te he hecho para la introducción del reportaje? —Abrió la carpeta y sonrió—. Escucha: Al levantarse, evita siempre verse reflejado en la luna del armario. Alto en su soledad y en su desprestigio, de movimientos suaves, enjuto. Fino pelo canoso fuertemente estirado hacia la nuca, pañuelo negro alrededor del cuello, camisa guerrillera, cuidadosamente descolorida: así emprende su diario paseo por la playa occidental, solo o con su perro, sordo a su propia sordera y a su oído poético, antaño tan dotado para la fabulación y el mito al servicio del poder (que impuso por decreto la realidad, su descripción de la realidad), generándose a sí mismo cada día, rememorándose epidérmicamente joven en los espejos frente a los que sin embargo cruza de prisa y mirándose de reojo: espiándose. Va y viene por esta casa con una rígida prevención muscular y facial, el cuerpo ligeramente echado hacia atrás, como si algo fuera a estallarle en la cara. La voz rancia, concienzuda. Maduro atractivo, todavía. ¿Por qué no habría una de sentirse atraída hacia él, a pesar de su repelente pasado, por qué negar la evidencia?

—Creo que esta última observación está de más, sobrina. El resto es sugestivo, aunque chirría por todas partes, sinceramente. Enfático y pretencioso.

Mariana rompió la cuartilla y arrojó los trozos al aire.

—Pues a trabajar. —Comprobó el funcionamiento del magnetófono—. Quiero más detalles sobre esa extraña enfermedad de la tía.

Tenía las pupilas muy brillantes y dilatadas. El cenicero estaba repleto de colillas. Forest, mientras hablaba, rasgó una colilla con la uña y constató el tierno esplendor de las hebras verdes.

—También los necesito yo, los detalles —dijo—. Pero me flaquea la memoria. Precisamente mañana he de ver a un médico... No quisiera equivocarme.

—Bien. Quedamos en que esa grave recaída de la tía te obligó a postergar tu famosa renuncia. Supongo que lo intentarías de nuevo más adelante.

—Por supuesto.

—Ya me contarás. Ahora me interesa otra cosa. El señorito Tey le hizo varios retratos a mamá, y también a ti, pero ninguno a la tía, que yo sepa. ¿No te parece raro?

Algo se encendió y se apagó en la mente de Forest.

—Pues ahora que lo dices, sí que lo es...

Entraba por la ventana el apacible chirrido de una maquinita. Lo único que Mariana llevaba puesto, según él pudo ver ahora, era una camiseta gris de algodón y las bragas favoritas. Algo en su cuello se confundía con la penumbra, quizá una cinta negra.

—¿Quién anda por ahí, tu amigo?

—No. Sigamos. Habían sido medio novios, y después que la tía se casó contigo siguieron muy íntimos. Según dice mamá, que luego estuvo seis años liada con Tey, qué horror, la tía Soledad fue la única mujer por la que ese presuntuoso jefecillo llegó a sentir algún afecto...

—¿Adónde quieres ir a parar, hija?

—A ninguna parte. Pero resulta difícil creer que la tía no le hablara nunca de su enfermedad al amigo del alma. Trabajaron juntos muchos años.

Con el índice, Forest hizo resbalar las gafas sobre la nariz y se levantó para servirse un whisky. Avanzando por la segunda memoria, la de la espoleta retardada, alcanzó a ver por la ventana a Chema pintando en el jardín, un poco demasiado erguido delante de su caballete: botas negras, espuelas, pantalones de montar, jersey blanco con cuello de cisne y en la mano izquierda la paleta con un vómito ocre y morado, un atardecer convencional.

—Tienes razón —dijo—. Puede que Chema también lo supiera. Sin embargo, nunca me habló de ello.

Pero ya no pensaba en eso. Pensaba en la obsesiva frase a medio terminar que le aguardaba bajo la lámpara encendida de su escritorio. Víctima del embrujo de una eufonía falaz, había estado toda la tarde perfeccionando aquella larga parrafada cuyos acentos, de una cadencia engañosa, parecían curiosamente tener más sentido que las palabras. Era la imagen del amigo pintando, y el modelo era Soledad sentada en una mecedora bajo el almendro en flor, tejiendo una bufanda azulgrana; pero él sabía que era una visión falsa, un recuerdo invertido (paisaje reflejado en la superficie de un lago, uno de los temas idiotas preferido por Tey), convocado no por la memoria sino por alguna secreta necesidad onírica o el propio movimiento de la frase: la excitante idea de que algo, otra vez, estaba ahí cerca con la carga dispuesta desde mucho tiempo atrás.

—Tío, no te distraigas. ¡Toni!

Se desconcertó. Evidentemente la llamada no era para él, y se inclinó a mirar por la ventana. Al pie de la misma, en cuclillas sobre la hierba, una sombra con el pelo rizado fabricaba cigarrillos con una maquinita. El chirrido había cesado, la sombra se incorporó. Forest reconoció el infernal artefacto que había pertenecido a su padre. Seguramente Mariana lo había encontrado entre los trastos viejos del cobertizo.

—Espero que no te importe, tío.

En seguida apareció el personaje en el umbral del dormitorio, con la máquina y una bolsa de tabaco. Permanecía tieso en la sombra, descalzo, vestía un mono naranja con cremallera y era fino de hombros, incierto, como a ella le gustaban. Daba la impresión de regocijo inestable, como si se hubiese equivocado de fiesta y no le importara.

—¿Tienes sueño? —dijo Mariana—. ¿Cuántos llevas?

—Pocos... No salen muy bien.

—Dame uno. Sigue dentro, si quieres, o échate un rato. Pronto terminaremos.

—Está flojo.

Le dio el pitillo y salió con su cacharro y su bolsa, cuando ya Forest se subía las gafas a la frente para verle mejor.

—Buena chica —dijo Mariana—. Trabaja en el restaurante Giorgio. Esta noche no tenía donde dormir y le dije que viniera. ¿Te importa?

Su tío se echó a reír:

—Tus amigas son mis amigos —dijo, y una repentina tristeza le embargó cuando se inclinaba hacia Mariana para ofrecerle lumbre con el encendedor. Ella bizqueó, y él pudo ver, a la luz de la llama, que los bordes de sus párpados eran tan cortantes como el filo de una cuchilla.

—Te veo deprimido, tío. ¿Quieres que lo dejemos y llame a Toni?

—¿Y...?

—No sé. Bueno, si resulta que yo te gusto más... ¿Quieres que te la chupe? Es bueno para las depresiones.

Forest consiguió hacer llegar el vaso de whisky hasta los labios con una sola mano y sin derramar una gota. Luego dijo:

—Eso tendría la ventaja, por lo menos, de impedirte decir barbaridades durante un rato.

—Te equivocas, tiíto. Puedo hacer ambas cosas a la vez.

—No lo dudo, perdularia. Hasta mañana.

—Abur.

10

Caminaba por la playa hacia San Salvador con el paso algo más vivo que de costumbre, más elástico y metódico, sujetando con ambas manos el bastón cruzado en la nuca. Pasado el Sanatorio aminoró la marcha. El sol pegaba fuerte y lamentó no haberse traído el sombrero. La borrasca intermitente, residuos del mistral de la mañana, arremolinaba la arena obligando a Mao a trotar más escorado que de costumbre.

Del cielo intensamente azul colgaban oscuras nubes verticales, deshilachadas e inmóviles, como harapos quemados o restos de un gigantesco decorado después de un incendio. El mar venía revuelto y sucio, hedía en la rompiente una espuma arenosa y flotaba un tronco a la deriva, girando. Mao se paró a ladrar al leño cuando él ya se internaba, más allá de las dunas, por las fantasmales calles futuras de la futura urbanización; asfalto y rastrojos convivían en el vasto páramo, y solitarios bordillos interminables, destinados a aceras que aún no existían, se perdían a lo lejos, parcelando la hierba que crecía libre; farolas nuevas y oxidadas esperaban luz a lo largo de desoladas avenidas de gravilla entre viñas muertas, por calles espectrales que no llevaban a ninguna parte. Pensó en el nuevo paisaje que le esperaba allí un día para ser descrito, en las deposiciones del tiempo que ya lo desfiguraban antes de nacer y en ese mar de rumor repetido, sosegado y omnipresente: el mar filtrándose ya en el texto, inundando las voces de ayer y de mañana, mezclando el sueño y la vigilia...

El doctor Pla vivía en una de las primeras casas blancas y porticadas de San Salvador. Le encontró en el porche, sentado en su mecedora junto a una mesa de mimbres. Era un anciano de inestable mandíbula, ojos diminutos y notable cabeza cuadrada, peinada como la de un colegial de los de antes. Los frágiles hombros caídos le prestaban una rigidez de ciego un tanto agresiva. Tenía sobre la mesa una sobada carpeta azul con elásticos y sus manos estaban ocupadas en sacar el impreso de una caja que había contenido un jarabe.

—Creo que he leído algo suyo, pero no me acuerdo —gruñó a modo de saludo—. Siéntese.

—Gracias.

—¿Encara va usted por ahí hablando la lengua del imperio, cagun Deu? —bramó de repente.

—Ah, se acuerda de mí —dijo Forest, algo inquieto.

—Conocí a su padre. Me dijo ese gandul del Pau que quería usted verme. ¿Ya sabe que estoy jubilado?

—Sí. Pero veo que sigue interesado en la profesión —dijo Forest con voz afable, señalando el impreso del jarabe—. ¿Sabe?, también yo soy desde muy joven un lector voraz de esta literatura extravagante en torno a jarabes y píldoras digestivas...

—Nada de eso —dijo rápido el doctor Pla, como saliendo de un trance—. El hombre que a los cuarenta años sigue leyendo recetas es un imbécil. Sólo me interesan las cajas, a mi nieto le gusta jugar con ellas. Siéntese.

La conformación de los huesos del rostro sugería que de joven poseyó una hermosa y dura fisonomía mongólica. Era una de esas caras anchas que son, de algún modo, un exponente de ideas generales. Peligrosísima.

Forest se sentó al sol porque no podía hacer otra cosa. El doctor Pla, que ocupaba la escasa sombra del seto, era insensible al destello de sus gafas, pero la reverberación del sol le molestaba al alzar la vista. Bajo el efecto pasajero de una nube, Forest observó su delgada boca tabacosa y sus ojitos malignos.

—No le molestaré mucho. —Insistió en los preámbulos, le parecía necesario—. ¿Cómo se encuentra, doctor? He sabido que se cayó y se rompió el fémur...

—¡No, señor! —se apresuró a declarar el anciano—. Se rompió el fémur y me caí. No es lo mismo. Debería usted saber que estas cosas ocurren al revés.

—Ya.

Fue directo al asunto. Explicó que estaba escribiendo una novela en la que una mujer sufría una enfermedad y él no sabía por cuál decidirse; que necesitaba precisar los síntomas y el tratamiento; y que quería que fuese una enfermedad larga y en cierto modo grave, pero nada espectacular, dado que esa mujer conseguía ocultarla durante años a todo el mundo, excepto a su marido. Insistió en que ese detalle era muy importante, y si era posible.

—Para ustedes, los novelistas, todo es posible.

—Se equivoca usted, doctor Pla.

—Pladellorens.

—Ah, creía que eran dos apellidos.

—Vamos a ver. ¿Una mujer de cuántos años?

—Veinticinco, más o menos. Yo había pensado en una vieja dolencia cardíaca, una antigua lesión de la infancia que pasó desapercibida y que se le reproduce a esa edad...

—Hum —hizo el viejo, jugando con la carpeta sobre sus rodillas. La pertinaz mecánica de la mandíbula, mientras reflexionaba, era como la de un muñeco articulado, no transmitía dinamismo al resto de la cara—. Estenosis mitral. La causa más frecuente es un proceso reumático de la infancia. Estenosis mitral, sí, señor.

Añadió que con un tratamiento adecuado su personaje podía vivir los años que él quisiera, si no trabajaba en nada que le exigiera un gran esfuerzo. Incluso en la primera fase, de cinco a diez años, los síntomas podían confundir el diagnóstico con simples dificultades respiratorias, procesos nerviosos leves y otras cosas. Forest había sacado un bloc y tomaba apuntes: se produce encharcamiento pulmonar debido a que la sangre, en su paso de aurícula a ventrículo izquierdo, se hace difícil. Síntomas externos: fatiga, manos frías, hinchazón de extremidades, cianosis.

—¿Eso qué es, doctor?

—Labios azules. A ver, ¿en qué año se declara la enfermedad?

—Mil novecientos cuarenta y dos.

—¿Casada?

—Sí.

—¿Tiene hijos?

—Los tendrá.

En ese caso, vaticinó el médico, las complicaciones vendrían tras el embarazo y sobre todo después del parto, con dificultades respiratorias y la hinchazón de extremidades, pudiendo llegar a la descompensación cardíaca. Forest dijo que el diagnóstico le venía al pelo, y que ahora tenía que pedirle lo más difícil, un esquema de tratamiento. Difícil porque había que remontarse a cuarenta años atrás, y el doctor quizá no se acordaría. Tal vez consultando un vademécum viejo...

—No me hace falta ninguna guía. —Inmóvil como una esfinge, apretando en el regazo la abultada carpeta, pensativo, añadió—: A ver. Actualmente la cirugía resuelve estos problemas, pero entonces procedía a un tratamiento dirigido en cuatro direcciones: fortalecer el corazón, mejorar la ventilación pulmonar, sedantes y diuréticos. Se utilizaban fórmulas magistrales...

—Bueno, tampoco preciso datos tan científicos.

—¡Claro, así os salen esas noveluchas!

—Diga, diga.

Aventuró una posible cronología de trata-

miento: en los años cuarenta él habría receta-
do píldoras de Digitoxina p.s.a. (preparación
según arte, tuvo que precisar ante la mirada
interrogante de Forest, que al oír la solución
del jeroglífico sonrió irónicamente) y una caja
de inyectables, por ejemplo Novurit, era el
diurético más utilizado entonces. Supositorios
Eufilina para la respiración y un sedante, Bellergal. Y más adelante, digamos del año 55 al
65, un tónico cardíaco, gotas Cedilanid de la
casa Sandoz.

Forest tomó buena nota de todo, y al terminar vio a un hombre con un pequeño rastrillo
saliendo de la casa. Estuvo un rato a su lado,
de pie, escuchando unas enrevesadas instrucciones que el médico le daba acerca de cómo
acabar con el pulgón que devoraba los rosales.
Supo que era el Pau. Contestaba con monosí-
labos y en ningún momento le miró a los ojos.
Dirigiéndose a Forest, el médico hizo una alu-
sión a la increíble gandulería de «este jardinero que riega los geranios sentado en una silla».
Era asmático y tosco, mantenía la boca siempre abierta como si fuese a gritar y había en
sus claros ojos infantiles una alarma que a Forest le resultaba inquietante y familiar. Mientras hacía como que escuchaba al viejo doctor,
liaba un pitillo de hebra con una sola mano
—el rastrillo entre las piernas— paciente y nu-
dosa, pero de una endiablada rapidez; la otra

mano permanecía inerte en su costado, pero la muñeca, como si controlara a distancia el doble esfuerzo de la otra extremidad que trabajaba sin ayuda, oscilaba y, por un instante fugaz, el sol le arrancó al dorso bruñido una estrella brillante y rosada.

Forest oyó lanzar al médico un sonoro exabrupto que le distrajo de una meditación tortuosa y algo funesta. Ocurrió que la gruesa carpeta que sostenía en su regazo había resbalado hasta el suelo, abriéndose y derramando cientos de folletos farmacéuticos de todos los tamaños y colores, una fastuosa colección. Visiblemente contrariado por el incidente, que de manera tan brusca e inesperada ponía al descubierto su desmentida y secreta condición de lector de recetas (y hacía una pila de años que había cumplido los cuarenta), el taimado doctor basculaba en su mecedora como un pelele, intentando recuperar y ocultar aquella prosa fascinante y banal de sus pecados.

Forest no reprimió una bellaca sonrisa de comprensión mientras se inclinaba para ayudarle, pero el viejo le prohibió tocar nada, cagun Deu, es igual, váyase.

Piadosamente Forest obedeció, disculpándose por la molestia y renovando las gracias.

De vuelta a casa abrió una lata de cerveza en la cocina, subió a su estudio y revisó los capítulos donde aparecía Soledad. Desde el fundamental capítulo XV, cada vez que aludía a ella, siquiera fugazmente, se acompañaba de una solícita referencia a sus manos frías o a sus pobres pies hinchados, a sus inyecciones y píldoras y al estricto horario del tratamiento, que sería respetado en todo el manoseado borrador hasta la primavera del año 69, cuando Sole le abandonó.

Veía en la ventana brillar la luna; bañaba el mar, los toldos plegados, los aberrantes patines de pedales y el libertino, entrañable, puntual y blanco perro cimarrón que los rociaba con sus intermitentes, desdeñosas meadas.

Cuando bajó era la medianoche pasada. Había luz en la galería y también en el jardín, pero no en la habitación de Mariana. Desde el umbral, olisqueó el sudoroso despliegue de impotencia.

Elmyr, de espaldas, arrodillado en la cama, no le vio entrar. Parecía estar forcejeando con su cremallera del pantalón tejano, caído sobre las nalgas. Pero en sus caderas inesperadamente femeninas se clavaban unos dedos sin sosiego, y ahora agitaba la cabeza espasmódicamente. La melena corta y lacia, al estilo paje, golpeaba sus flacos hombros desnudos.

¿Se desnudaban o se vestían, se amaban o se peleaban? Forest no pudo evitar el quedarse unos segundos observando, y luego avanzó unos pasos tanteando el escritorio en la penumbra, escrutando aquel enredo para distinguir la apariencia y la realidad. El fulgor desesperado de un ojo, que no era ciertamente de su sobrina, asomó de pronto tras la pálida nalga del fotógrafo, y luego unas ralas barbas color púrpura. Con cierto estupor distante, controlado y progresivamente jocoso, el memorialista reconoció en ese rostro la blandenguería adocenada y jesucrística de la foto clavada en la pared con flechas. Un amigo de Elmyr, sin duda. El largo cuerpo musculoso, bañado en sudor, retrocedió rodando en el lecho y escapó a su mirada. Forest avanzó un poco más. Entonces, Elmyr volvió la cabeza y le miró por encima del hombro.

La segunda sorpresa fue mayor, pero por lo menos restableció la tradición sexual que inicialmente había él otorgado a la pareja, aunque ahora se hubiesen invertido los papeles; porque si primero ella había resultado ser él, ahora Elmyr resultaba ser ella. En su arrobado rostro bestial, mientras miraba a Forest por encima del hombro, había a la vez una expresión de sofisticada suficiencia y de sombrío recelo. El asunto carecía de mayor interés, decidió él confusamente, allá se las componga Mariana con sus estrafalarias amistades, varones o hembras, y con su pan se lo coman. Pero no se movía. Parapetado en las sombras, su estupor era relativo, casi jubiloso.

Entonces, ¿por qué este sudor frío en las manos, esta creciente irritación contra sí mismo, contra su propia ceguera y su candidez senil? La razonable excusa que improvisó con urgencia, y que el mismo sentido común avalaría —¿quién, hoy en día, no ha tomado alguna vez a un chico por una chica o viceversa?—, no alteraba la evidencia de un espejismo quizá de más vastas proporciones y de efectos retroactivos, y por lo mismo más humillantes. Ciertamente, había tenido pocas ocasiones para observar a Elmyr y siempre le consideró un personaje perfectamente inverosímil: debía haber adivinado la verdad en estos hombros caídos y frágiles, en este cuello delicado y en estas pequeñas manos posesivas. Podía distinguir también, ahora, el perfil del pecho y el agudo pezón, una tetilla adolescente (cuya seda engañosa sus dedos ya habían conocido, por cierto, en medio de otro extravío no menos inesperado), y sobre todo la dulce hendidura de la columna vertebral, como el alma de una espada, penetrando entre las nalgas altas y pueriles pero inequívocas. La piel de la espalda era ligeramente más pálida que los cabellos. Forest no menospreció ahora ninguno de estos tiernos detalles, pero se limitó a experimentar una impresión general de indecencia.

El tal Elmyr era sencillamente una muchacha angulosa y adusta, amarillenta y espigada, un malentendido irrelevante.

—Eh, vosotros, qué pasa... —se oyó decir sorprendido, sin querer. El barbas ya se escurría por la ventana. Esto le impulsó a gritar roncamente largo de aquí a Elmyr, fuera, recoge tus cosas y fuera, tú también, fantoche de mierda.

Ella, como si ya contara con esta violenta reacción, se le había anticipado: moviéndose silenciosa en la penumbra, mimando una sonrisa burlona, extraía su macuto y una bolsa de cuero de bajo la cama, y luego anduvo remisa y tranquila juntando ropas, pinceles, medicinas, cuadernos de dibujos, rollos fotográficos, la pistola y las flechitas, un barquito de madera con la quilla azul, extrañas cosas inacabadas, trenzas con hojas de palma, caracolas y conchas ensartadas... Al ver esos pobres objetos y la delicadeza exasperante de sus manos al tratarlos, Forest sintió la necesidad de volverse atrás, reprochándose su intolerancia y su torpeza.

La siguió hasta la puerta, no le advirtió que se olvidaba la boina en el perchero y la vio alejarse bajo los faroles del solitario paseo con su macuto de flecos, la raída bolsa de mano golpeando sus piernas y un aire alicaído. Entonces la llamó para que volviera, pero ella no le oyó o no quiso oírle —aunque se paró un ins-

tante para ajustar al pie la amarilla sandalia
de plástico, sin volver la cabeza, en un preca-
rio equilibrio y un cierto desamparo al borde
de la playa— y definitivamente se fue con su
chaleco claveteado, el pitillo en la oreja y el
peine lila asomando por el bolsillo trasero del
pantalón.

11

Él, que fue siempre un escrupuloso amante
del orden doméstico, del estricto lugar para
cada cosa, sufría en silencio el creciente caos y
el desbarajuste que día tras día se iba adue-
ñando de la planta baja y del jardín. Dejando
de lado la sorda batalla personal que venía li-
brando con Tecla desde siempre (empeñada
ella, con una diligencia implacable y puntual
que resultaba un enigma, en colocar la mecedora paralela al diván y no oblicua, o el cesto
de los periódicos en el hueco de la escalera y
no junto a la butaca frente al hogar, etcétera),
tenía ahora que habérselas con Mariana, una
serpiente silenciosa que iba dejando jirones de
su piel por toda la casa: collares de abalorios y
de semillas, ceniceros repletos de hierbas ri-

tualmente quemadas, cassettes, libros, revistas, folios arrugados, camisetas y bragas alteraban gravemente —con la interesada ayuda de Mao, a veces— el doméstico sistema de referencias: no sólo ya nada suyo empezaba a estar en su mejor sitio, sino que no había sitio peor para nada suyo. Sus queridos bastones, por ejemplo, desaparecían de pronto para reaparecer días después entre la alta hierba del jardín, con rasguños y cicatrices de quién sabe qué aventuras, o colgados en la rama de un árbol, en el fondo de la bañera o en la cama de su sobrina.

Esta tarde, cuando se disponía a salir de paseo, no encontró en su sitio el bastón de fresno ni Mao le esperaba, como solía hacer antes, meneando el rabo, junto a la puerta. Pensó con amargura que también el fiel amigo colaboraba en la expansión de aquel desorden, cegado por pálidos espejismos y espoleado siempre por la memoria genética: su amo le había visto enterrar en el jardín objetos indefinibles, acechar moscas y mariposas en la misma actitud inteligente y estatuaria —la pata delantera en alto, tenso el largo cuello, enhiestas las orejas— con que acecharía a un conejo, o correr por la playa tras una hoja de diario empujada por el viento...

Al dirigirse al cuarto de Mariana en busca del bastón, vio el televisor encendido, pero sin voz. A menudo expandía por toda la casa algún aberrante programa musical, de los que a ella le gustaban, pero eso tampoco significaba que ella estuviera en casa: olvidaba casi siempre apagar el aparato.

Ovillado en la cabecera de la cama, el traidor agachó las orejas mirándole con recelo. Sobre el magnetófono, en la almohada, había una nota escrita a máquina: *Tócame, por favor*. Al inclinarse sobre el aparato, su nariz captó de nuevo el olor dulzón y corrupto, una mezcla de pegamil y carroña que evidentemente emanaba del perro. Éste escondió el rabo ante la inquisitiva mirada de su amo y antes de ser atrapado por el collar se deslizó fuera del lecho. Forest pulsó la tecla y se oyó la voz soñolienta, encamada, de su sobrina:

—Tengo que encontrar a Elmyr y saber qué le pasa. Empieza a grabar el romance de mi intrépida madre con el señorito Tey en el verano del cuarenta y tres...

Mientras llenaba la pipa, observó el desorden del cuarto. Vio o creyó ver en un rincón la maleta llena de ropa, las cajitas de música mareante esparcidas en el escritorio entre los folios, la máquina de escribir, restos de un bocadillo, la botella de whisky y el vaso que sólo usaba él. Las sábanas aparecían revueltas y emborronadas con pelos de Mao, el bastón de fresno, el espectro apaciguado de los muslos de nieve, su lenguaje vulgar y depravado y su dichoso magnetófono, que estaba, como siempre, conectado al cable de la lámpara de la mesilla mediante un burdo empalme. Imaginó que esta cinta giraba todo el tiempo, día y noche, registrando el silencio o el rumor del mar, el crujido de los viejos muebles y la respiración de su sobrina durante el sueño...

Renunció al paseo con la esperanza de ver llegar a Mariana: necesitaba hablar con ella. Ya se había puesto el sol cuando salió al jardín y se tumbó en la hamaca con una cerveza. Vio sobre la mesa de mármol el Tangram casi resuelto en una incisiva daga, incompleta. No tardó en aparecer Mao llevando entre los dientes la pieza que faltaba y él se la quitó para completar distraídamente la negra figura. Entonces, las cálidas fauces del animal soltaron de nuevo aquel dulce olor a podrido. Le acarició el lomo y su mano quedó impregnada de pelos y pestilencia. Tal vez, volvió a pensar, había una rata muerta en alguna parte del jardín.

Precedido por el perro, se encaminó hacia el bote desventrado en la hierba. Debajo del costillar roído, la pálida y taciturna Elmyr había olvidado su caja de pinturas. Cuando se puso en cuclillas junto al bote, Mao ya mordisqueaba el gran tubo de pegamil, machacado y espanzurrado. En su interior, la pasta estaba reseca. Comprobó que el perro también había traído hasta allí una vieja brocha de afeitar y un cuenco para el jabón. Al desplazarse un poco hacia la derecha, girando sobre las puntas de los pies, la caja de cartón apareció semiabierta, apoyada de canto en la tabla esponjosa.

Presintió en torno suyo, cerca, la insidiosa señal de algo solapado. Era desde luego una caja de pañuelos; en la tapa, la rubia cabeza de caballo, tal como él la había imaginado y descrito, y en su interior el anochecido volumen de poemas, la navaja y el espejito; objetos que habían envejecido visiblemente juntos y que compartían el mismo olor mohoso y fraudulento del olvido. Apreció también, con un escalofrío interminable, la coincidencia en los detalles: las vetas negras del mango anacarado de la navaja, la nube del tiempo en el espejo, la auténtica edición 1938 del libro de Urrutia con prólogo trompetero de Manuel Halcón...

En lo primero que pensó fue en una excéntrica broma de Mariana y de su amiga.

La tarde del 15 de julio, tres días después de la marcha de Elmyr (y sin haber podido aún hablar de este enojoso asunto con su sobrina, que no había dormido en casa), al volver de paseo Forest se asomó al bar *L'Espineta*, contiguo a la casa, donde Mariana solía comer siempre a deshora y reunirse con sus amigos.

Pero no estaba allí ni la habían visto. Empezó a inquietarse y a pensar si debía llamar a su madre.

Estaba subiendo las escaleras, considerando el insólito hallazgo en el jardín y su necesaria relación con la muchacha (era la única persona que había leído el texto, la única que podía haber descubierto la falsedad de la fecha y la manipulación simbólica de unos utensilios que nunca habían existido), cuando oyó un estrépito de loza en la cocina. Al entrar vio a su sobrina arrodillada en el suelo junto a la bandeja y un charco de agua hervida que humeaba. Recogía los trozos de la tetera y del vaso con hojas de menta. Iba descalza y llevaba unos pantalones canela con manchas de hierba en el trasero. Forest se quedó mirando sus tobillos algo gruesos, rosados. No se atrevía a ayudarla. Al inclinarse, captó la chispa azul, enrabiada, de su ojo.

—De modo que la echaste a la calle, cabrito —dijo ella sin volverse.

—Déjame explicarte... Pero ¿dónde está? ¿La has visto?

—En la vía. Coge esto.

En el hueco de la mano, por encima de la cabeza, sostenía fragmentos astillados de la tetera. Forest los cogió y los tiró al cubo de la basura.

—Puso la cabeza en la vía —dijo Mariana—.

Las dos la pusimos. Pero en el último segundo, yo la quité. Mierda.

—¿Qué estás diciendo, loca?

Ella se incorporó mirando a su tío. Su boca, que habitualmente exhalaba melancolía, desplegaba ahora una lenta mueca irónica.

—Había tomado ácido y se quedó colgada.

—No entiendo.

—Que no podía volver.

—Pero yo la llamé, le dije que volviera...

Mariana soltó una risa ronca, despectiva:

—No me refiero a volver aquí. Desde luego no piensa hacerlo. Te hablo de lo ocurrido en la vía del tren. Pero tranquilízate, no pasó nada.

Había sonreído borrosamente al decir esto.

—Deberían encerrarla —dijo Forest—. ¿Cómo se llama en realidad?

—La llamamos Elmyr.

—Eso no es un nombre.

—Qué más da. ¿Quieres que te cuente cómo la conocí?

—Cómo se llama.

Pero lo que iba a oír, con mal disimulada indiferencia, sería una confusa historia de niñatos conspirando su aburrida liberación sexual en Marruecos, dos veranos atrás, y en la que intervendría una amiga de ambas llamada Flora, la sombra alicaída de Elmyr siguiéndolas a todas partes con sus cámaras, sus pinturas y su boina, y una combinación perfecta y banal de ninfomanía y frigidez. Según Mariana, cuando Flora se la presentó, en Ibiza, el fotógrafo era una muchacha fascinante y desvalida que apenas hablaba. Competente profesional, hizo las fotos de una serie de reportajes idiotas —modas y tal— que Mariana envió aquel verano a la revista, pero el trabajo la asustaba y de repente desaparecía durante días enteros. Nunca quiso acostarse con Florita, sólo buscaba su protección y su afecto, pero conmigo fue distinto —explicó de espaldas a su tío, poniendo a calentar agua y sacando otra taza del armario— y pudo gozar de un orgasmo. Al parecer, Flora y Mariana se atraían mucho aquel verano, y no lo disimulaban, y Mariana creía que Flora se había portado con Elmyrito de una forma irresponsable y egoísta, y Flora creía que Mariana se había portado con Elmyrito de una forma egoísta e irresponsable, sobre todo cuando Flora tuvo que regresar a Barcelona repentinamente y entonces Mariana cometió un grave error, que por cierto repetiría aquí: tuvo una aventura con un chico, no sabía cómo terminarla, y, una noche que estaba muy enrollada con el tipo, le hizo a Elmyr un sitio en la cama, la arrojó literalmente entre las piernas del tío. Mariana nunca olvidaría su débil mano buscando la suya sobre la sábana y apretándola, ni sus ojos aterrados, mientras aquel salvaje rociaba de semen su boca. A pesar de ello, la pobre intentó desde aquel día intimar con chicos y Mariana creía que en alguna ocasión obtuvo experiencias positivas, pero nunca quiso hablar de ello.

—Una historia muy edificante —dijo Forest—. En fin. ¿La quieres mucho?

—Yo no quiero a nadie. Pero lo que has hecho es una putada. Esa chica está muy enferma.

—Te engañaba con...

—Nosotros no nos engañamos con nadie. En este asunto el único que se ha engañado eres tú. ¿También conmigo estás confundido? ¿Tanto te cuesta admitir que pueda ser bisexual?

—No fue eso lo que me desconcertó. Naturalmente que puedo entenderlo... A fin de cuentas, en cada uno de nosotros camina, llevando el mismo paso con el que somos, el que quisiéramos ser.

—¡Tus rollos filibusteros! Elmyr no sabe aún lo que quiere ser, y yo tampoco... Déjame.

Hizo un gesto esquivo cuando él pretendió ayudarla a llevar la bandeja con otro servicio de té, y Forest se apartó para dejarla pasar.

Mariana se encerró en su cuarto, y su tío, sentado en la sala con un whisky muy cargado, consideró de nuevo la conveniencia de llamar a su cuñada o enviar a la chica a Madrid. Poco después, ella se asomó para pedirle que, por lo menos —fueron las palabras que empleó, en un tono que iba más allá del reproche: de humillación, de asco y de sueño—, se abstuviera de contarle a su madre lo ocurrido porque tampoco ella lo entendería.

Dejó de salir por la noche y de frecuentar la terraza del bar, huía del sol y de la playa. En una semana apenas si cambió dos palabras con su tío. No alteró su costumbre de comer bocadillos en la cama y se hizo muy amiga de Mao. Mantuvo su ofrecimiento de pasar en limpio los textos, pero suspendió momentáneamente las grabaciones nocturnas alegando que tenía que poner en orden el material de que ya disponía. Ocasionalmente, cuando Forest bajaba en busca de un tentempié o de una copa, la veía cruzar la galería camino del baño o del jardín, descalza y despeinada, con sus torcidas faldas de gitana y los pechos sueltos dentro de una blusa ceniza de apariencia tan etérea que difícilmente podía haber algo sólido en su tejido.

Como si captara en ella la fiebre y el desorden, el perro la seguía a todas partes olisqueando sus lentos tobillos de arena.

Algunas tardes su tío la veía en el jardín cortando esquejes de menta, componiendo figuras del Tangram en la mesa o refrescándose con la manga de riego bajo el almendro. Luego revisaba sus trabajos a máquina recostada en el bote (el desmesurado ojo azul, insomne, detrás de sus rizos castaños, como espiando los textos) y a veces la visitaba alguno de sus atléticos y ensimismados amigos de *L'Espineta*. Su ánimo contrariado no le impedía entregarse a sus pasatiempos favoritos; una tarde particularmente húmeda y bochornosa que Forest no podía trabajar y salió a la terracilla del primer piso, por entre la frondosa copa del pino la vio arrodillada en la hierba, reverenciando un torso lampiño y tostado, unas piernas abiertas y un pene achocolatado de arqueada magnificencia, que ella chupaba despacio, con circulares movimientos de cabeza.

Poco después supo por Tecla que empezaba a salir otra vez, que iba en bicicleta a comprar el pan y el periódico y a la farmacia. Sin embargo, en dos ocasiones por lo menos, al caer la tarde, desde la terraza, Forest creyó oírla sollozar débilmente. Ovillada en el ángulo de su ventana como un gusano de seda, entre las rojas buganvillas, la boina hasta las cejas y envuelta en el humo de sus cigarrillos, esperaba la noche y luego tecleaba furiosamente a la máquina durante horas.

Por las mañanas, su cuarto olía a niebla fría. Procurando no despertarla, Forest recogía de la mesa las copias en limpio y se quedaba allí parado un instante y percibía en torno una irradiación maravillosa de desdicha y frenesí, partículas saludables de una imaginación juvenil y generosa. Entonces, si estaba mustia y sin olor la ramita de menta en el vaso de agua, él salía silenciosamente del cuarto y se iba al jardín y volvía a entrar con la misma discreción para depositar en el vaso un esqueje tierno y oloroso.

Un mediodía la vio de pie en el césped refrescándose con la manga de riego, de espaldas, los cabellos sujetos en un moño y las finas braguitas adheridas a las nalgas como una piel soleada y reluciente. Desde un óleo sin marco apoyado en el tronco del almendro, su madre la contemplaba; un viejo y abominable retrato pintado por José María Tey que sin duda ella habría descubierto revolviendo los trastos del cobertizo. Y mientras ambos, la madre y el tío, inmóviles y a cierta distancia de la muchacha que se retorcía bajo el frío chorro de la manguera, observaban el blanco marfileño de su cuerpo contrastando con las nalgas, en las que espejeaban destellos de sol y de agua —de no saber que las cubría su predilecta pieza dorada, y no el bikini que ya decididamente nunca se compraría, él habría jurado que el tejido era la mismísima piel—, asustada por una abeja, Mariana giró la cabeza y le miró repentinamente por encima del hombro.

Forest se vio obligado a improvisar aquello que tenía muy pensado, y además en un tono alto: estaba algo lejos pero prefería mantener la distancia:

—Oye, ¿fue una broma tuya lo de la caja con la navaja de afeitar y todo lo demás...?

—No sé de qué me hablas.

—¿De dónde sacaste el libro de poemas con estrellas en la portada? —Ella no dijo nada y su tío añadió—: ¿Crees que pudo ser Elmyr? Le gustaban esas bromas. Pintó el ojo azul en el bote y lo bautizó, fue ella, ¿verdad?

—Pensamos que no te molestaría.

—Pues claro. —Vio la pastilla de jabón saltando de sus manos—. ¿Sabes lo que quiere decir *Lotófago*?

—Consultaré el diccionario.

Mariana seguía dándole la espalda, rociándose, mientras buscaba con los ojos el jabón en el césped.

—Ese bote me lo regaló mi padre cuando cumplí trece años —dijo Forest—. Junto a los remos...

—Quémalos de una vez.

—Las artes de pesca no se queman jamás, sobrina, deberías saberlo. Trae mala suerte. Junto a los remos, ahí está el jabón.

—Gracias.

Pero, con una reacción inesperada, lo que hizo fue patear la pastilla de jabón y escupir una blasfemia entre dientes. Soltó la manga de riego y se encaminó a cerrar el agua en el muro del cobertizo, dando por terminada la conversación.

La situación no se normalizó del todo hasta la semana siguiente, un día que Forest la vio revolviendo en la rinconera del comedor donde se guardaba un botiquín. Trémula, envuelta en una toalla de baño, con la boina ladeada sobre los rizos mojados, parecía emerger de un naufragio. Se aplicó una hermosa peca de mercromina en el muslo, luego una tirita, se frotó los tobillos uno contra el otro, y, sin mirarle, dijo que esta noche le esperaba para reanudar las charlas.

12

En la playa, con el bote que me regaló mi padre. Sus remos siguen batiendo en mi memoria. Pintado en la quilla puede leerse el nombre que le puse, *Loto*. Las borrosas figuras del fondo, bañándose, son los niños escrofulosos del Sanatorio Marítimo, que fue inaugurado por el rey Alfonso XIII en 1928.

Soledad en las dunas, más allá del Sanatorio, con sus chicas de los Coros y Danzas, un domingo del verano del 47. La primera de la izquierda, sentada en la arena, con la boina ladeada sobre la ceja, es Lali Vera. Al fondo, las casas de pescadores y mi paisaje entrañable (perdido ya) de barcas varadas.

Mi suegra Isabel, tía Marta y tío Enrique, los primos Ramón y Santiago, y Soledad y Mariana en la finca de los Monteys, en Gerona, durante las navidades de 1950. La foto la hizo el abogado Germán Barrachina. Hay otros industriosos miembros de la familia, de la rama de los Monteys afincada en Pamplona antes de la guerra. Mi suegra murió seis meses después.

Mi madre, mi hermana Rosa y Juan, su marido, en la puerta de nuestra casa de Calafell, poco antes de irse los tres a vivir a L'Arboç, el pueblo cercano donde mi cuñado acababa de ser nombrado (por mediación de José María Tey) secretario del Ayuntamiento. Mi padre había muerto tres meses antes, y en esta foto aún puede verse en el balcón, entre la mata de geranios, la silla baja donde solía sentarse en los últimos meses de su vida.

Con Soledad en la terraza del bar *La Puñalada*, de Barcelona, cuando éramos novios, primavera del año 40. Por esa época también solíamos frecuentar el Instituto Alemán a oír conferencias. Nos defendíamos, sin saberlo, de aquella mediocridad cultural que el régimen empezaba a estructurar y en la que se iba a apoyar tantos años.

José María Tey sentado en el jardín, bajo los pinos, con su chaqueta de terciopelo azul echada sobre los hombros, los cabellos engominados y el bulto de la pistola en el bolsillo del pantalón blanco —esa mezcla tan suya de refinamiento y violencia—, leyendo poemas a las hermanas Monteys, primavera o verano del año...

Capítulo XXIII

Veo otra vez sentado a la sombra del pino, en la silla de lona y con la mano descansando en el libro abierto, aquel hombre que irradiaba una lírica disposición al peligro, un trato nupcial con la muerte. Ojos de terciopelo, pesadas cejas como jirones de noche y cabellos peinados hacia atrás con una trama negra y densa, implacable. Suele llevar pétalos de rosa en los bolsillos, que extrae de vez en cuando y acaricia distraídamente con los dedos. Sobre el encabalgado muslo derecho, cerca de la cadera, la forma vaga de una pistola tensa el pantalón.

José María Tey hacia el final del verano del

47 (y de mi segunda versión de *Rosario de reencuentros*, donde ya le había convertido en el temible Capitán Carbó de mis aventuras infantiles), desde cuyos apagados ardores aún me contempla, belicoso y altanero, en mi presente emboscado. De todas las fotografías que conservo en las que aparece él, ésta es mi favorita. A pesar del atuendo sport, esmeradamente jovial e inmaculado —pantalón blanco de hilo, niky de toalla blanco y zapatos del mismo color—, a pesar de la mansedumbre elástica de sus flancos dejándose resbalar en la silla, y de la sumisa elegancia de sus largas piernas cruzadas, sobre sus hombros varados en la paz flota todavía un confuso aleteo de águilas, un complicado rumor de guerra.

Incluso en medio de las Monteys, y de otras flores de perfume tal vez menos exótico pero más intenso —como no tardaremos en comprobar—, su personalidad exuda un acre olor a cuero, una transpiración castrense y envarada (lo que el abogado Barrachina, que fue quien tomó la foto, solía definir como «el sudor de sus negros correajes»), mientras le guiña un ojo al columpio cuya dulce carga suspendida en el aire, una cabellera rubia flotante y un soberbio trasero enfundado en un bañador color cereza, no recoge la foto. Oigo todavía zumbar una abeja, la brisa en los pinos, el rítmico chirrido del columpio. A la derecha de la instantánea parpadean las hermanas Monteys, sentadas en el césped con sus vestidos estampados, Soledad haciendo con ganchillo —madeja rosa o celeste— una labor recatada, Mariana a punto de llorar y entreteniendo en el regazo al pequeño Rodrigo, de apenas un año. Sobre la mesa, botellas de champaña y de vino, copas, el porrón de mi padre... Yo acabo de abandonar la mecedora, estoy en cuclillas detrás de mi otro hijo, Xavier, de tres años, los ojos fijos en el siniestro bulto del pantalón de Chema (¿Estás seguro, tío, resabiado mirón? Las descripciones de escenas inmóviles resultan engañosas, estéticamente hablando) y el brazo extendido hacia el suelo, esta vez no para alcanzar el cestillo de la labor de Sole y dejarlo fuera del alcance del niño, atraído por las madejas de colores —sé que entre ellas está el tubo de Bellergal, un sedante que toma mi mujer y del que imprudentemente no se separa nunca—, sino para frotármelo con el aceite bronceador, frivolidad que exaspera a Tey. A mi lado, de pie, el primo Ramón Monteys, ya muy enfermo, y su mujer, se cogen de la cintura apoyados en el respaldo del banco de madera y sonríen anhelantes al futuro, pero de perfil, como en una moneda desde la que escrutasen la nada que les aguarda, más allá del borde de la fotografía y de mi tosco pulgar que ahora la sostiene. Deliciosa pareja, feliz hasta la insensatez y la autodestrucción: todavía en este remoto fin de semana él cumple no sé qué misión superflua en alguna empresa familiar, todavía los Monteys protegen a sus cachorros, pero yo le había ya suplido como consejero delegado de la Sociedad y no tardaría en convertirse en subordinado mío, maltrecho por el asma y la ensoñación. Por cierto, mi no deseada pero creciente responsabilidad en los negocios de la familia, que me obligará poco después a renunciar a mi puesto en la delegación de Prensa y Propaganda, está agriando mis relaciones con José María Tey, ya algo tensas a raíz de su reciente ruptura con Mariana. Tey no ve con buenos ojos que yo acepte lo que él llama prebendas y enchufes, formas parasitarias de poder. Pero éste es un delicado asunto del que hablaré más adelante. (Ojo, que esto podría considerarse una astuta finta del narrador; ya hemos escurrido el bulto demasiadas veces, tío.)

Chema y Mariana ya habían roto sus relaciones al encontrarse en esta foto. No abundan en mi diario las referencias a su noviazgo tempestuoso; con anterioridad a la ruptura, consignada a continuación del parte médico, ya tan frecuente en esa época (S en cama con fuerte recaída, cuando se va el practicante después de inyectarle el Novurit me anuncia aliviada que CH y M han roto por fin. Y debajo la fecha, 15 mayo 1947, es decir, unos tres meses antes de este fotográfico fin de semana en Calafell), sólo encuentro dos crispadas anotaciones que poseen algún interés. Una sobre la discusión que sostuve con él en abril del 45, a raíz de un aborto de mi cuñada que pudo tener funestas consecuencias, y otra referente a una cena que ella nos ofreció en su recién comprado chalet de Doctor Andreu —una deprimente reliquia que apestaba a Dama de Noche, según Tey— y que empezó con una escena lamentable por culpa de Chema al opinar intempestivamente que aquella torre parecía el nido de una fulana de lujo, burlándose de las ansias de independencia de Mariana. Todo empezó porque ella llevaba esa noche un pañuelo de seda rojo al cuello, y Chema se empeñó en averiguar quién se lo había regalado y ella en no decírselo... En cualquier caso vivieron allí una temporada juntos, lo cual no hizo sino precipitar el desenlace que todos temíamos y que sólo Mariana, enamorada hasta las cejas, se negaba a admitir. En la primavera siguiente, él planteó la ruptura definitiva, amistosa y razonada. Era el fin de seis largos años de incertidumbre. Mi cuñada lo aceptó aparentemente aliviada, pero de ese día arranca su inestabilidad emocional y física y su adhesión (que irónicamente ella llama inquebrantable) al Fundador.

Recuerdo la noche, un mes después de la ruptura, en que tuve que sacarla borracha de una recepción oficial donde actuaban las chicas de los Coros y Danzas comandadas por Sole, y en la que Tey ofició de maestro de ceremonias con tenebrosa complacencia: una de las bailarinas más atrayentes, precisamente Lali Vera, se torció el tobillo y Chema improvisó un excitante vendaje con el pañuelo rojo que Mariana llevaba al cuello y que él, muy desconsideradamente, le había arrebatado...

Son recodos de la memoria en los que no me es grato detenerme. Sin embargo, aquí vienen bien algunas consideraciones sobre nuestro intrépido amigo.

(Apuntes sacados directamente de grabaciones, ref. C-15-3-75, que intercalo según tus aviesas instrucciones, tío. Su utilidad aquí me parece dudosa y su finalidad bastante innoble, tú verás lo que haces.)

Pertenecía a una familia acomodada y liberal venida a menos ya antes de la República, y a la que él nunca se refería sin cierto melancólico desdén, como cuando uno evoca un devaneo amoroso de juventud no resuelto en el orgasmo. Vaya por delante mi admiración hacia este hombre que hizo casi toda la guerra en estado de gracia. Me consta la firmeza moral de sus convicciones, pero nunca aprobé su estilo. Cultivaba una apariencia inevitablemente romántica, es decir, fatalmente política en aquel momento, y que en cierta ocasión definí con una frase feliz que haría fortuna: eres, le dije, más que un señorito guapo y petulante, un lujo del sistema.

(Luys Forest parafraseando a Agustín de Foxá. No insistas, tío; a estas alturas, el lector ya sabe que estás dispuesto a todo —incluso a mentir— con tal de no aburrirle con tus memorias.)

Sin embargo, no fue un vividor ni un aprovechado, precisamente en una época en que todo invitaba a serlo, sino más bien lo contrario: un buscavidas inepto, pero convencido, vocacional, militante, como si quisiera prolongar el sagrado cumplimiento de un deber del que otros ya estábamos desertando. No es que me pareciese víctima de la perversión romántica que necesariamente había de engendrar aquella ostentosa y blasonada escenografía de la victoria —eso lo veo hoy— ni que fuese un tonto soñador; poseía una mente bien amueblada, pero los muebles —severos, pesados, agobiantes— no eran confortables. Poseía sobre todo el don de la seducción, el aura y el verbo de los elegidos. Todos vivíamos excitados en esa época, pero él sabía transformar su excitación en un curioso ritmo natural. Sólo cuando en las solemnidades del régimen se vestía de gran señor de la guerra, erguido, juglaresco, envuelto en la ropilla filipina del uniforme negro (botas altas, correajes negros y guerrera ceñida), resultaba simbólico, intratable, remoto como un asteroide.

Pero volviendo a la foto, por lo menos dos personajes del grupo recordarían muy bien el momento en que fue tomada. Me refiero a Tey y a la veleidosa Lali Vera, la bailarina de estimulante nariz aguileña y cabellos de fuego que Soledad había prohijado desde que llegó a Barcelona con sus padres, emigrantes de un pueblecito de Granada. Excepto Sole, que por supuesto no lo habría aprobado, todos sabíamos que el abogado Barrachina salía con ella desde hacía meses.

El incidente ocurre de la manera más inesperada. Después que Tey ha cerrado el libro, del que acaba de leernos unos versos («Ciega el cristal de la memoria mía y acuna en tu regazo el tiempo herido para que duerma al fin, para que duerma») que en realidad van arteramente dedicados a Mariana, Germán Barrachina, más prosaico, se lanza a contar un par de anécdotas divertidas sobre el ex confidente Julio Muñoz y su boda espectacular con la señorita Villalonga —aquella boda que alguien definió como el gran «desafío» social de la época— y seguidamente Tey empieza a contar otro chisme por el estilo. Pero Mariana, que no ha prestado atención, se le anticipa pisándole la historia, quitándole literalmente la palabra de la boca. Tey se calla; sabe que la anécdota es muy buena y que Mariana va a contarla mal —como así fue—, y yo sé que esto le irrita sobremanera, sé que él viene cultivando la historieta desde hace años y que sabe superarse al contarla por enésima vez. Abstraído, burlón, se limita a constatar el fracaso de Mariana —que, advertida, se ha puesto nerviosa— y luego, por encima de nuestras compasivas y escasas risitas, le oímos improvisar una referencia grosera al coñac y a la lengua estropajosa, «una pésima combinación para una niña remilgada que ha escrito sobre arte floral en la lujosa revista *Vértice*», dice. Mariana abate la cabeza, humillada. Yo me contengo, frenado por la mirada de Sole, pero Germán Barrachina no lo hace, y hay una escena desagradable donde se cruzan malsonantes palabras. Es entonces cuando el primo Ramón, muy oportuno, le propone a Barrachina la célebre foto. (Rodilla en tierra pero con un pañuelo de por medio, supongo: mamá me ha hablado bastante del pulcro y dinámico abogado, mi papi.)

Lali se descuelga del columpio y hace reír a Xavier con un par de volteretas en el suelo, recordándonos de pasada que su elástico bañador, tenso en las ingles y escaso en las nalgas, pertenece a la dueña de la casa, dos palmos más baja que ella.

—Lali, jolines, te me vas a llenar el pompis de cardenales —dice Sole en el más afectado estilo de señorita de la Sección Femenina, aunque en realidad es para romper la tensión.

La inconsciente granadina aparecerá en seguida con una botella de vino entre los muslos rosados, tirando del sacacorchos con ambas manos. Al querer ayudarla, Barrachina salpica de vino sus piernas. Entonces ella anuncia su deseo de tomar una ducha y se aleja hacia la casa arrastrando la toalla, meneando las caderas sobre la doble sonrisa de las corvas y sin haberse enterado de nada —etérea, salpicada de agujas de pino, de vino rojo y de rasguños, francamente adorable—. Tey, inesperadamente, se levanta y va tras ella. Nunca sabré con certeza si ya tenía algo que ver con esta muchacha antes de ese día —años después, ella me juraría que no, que sólo habían coqueteado un poco y que aquel hombre le daba miedo—, pero está claro que ahora sólo pretende servirse de ella para humillar a Barrachina, que le ha llamado matón y «pistolero con Rosales en el bolsillo». (Esperemos que el lector sepa apreciar la mala leche retrospectiva de este insulto extravagante, tío.) En cualquier caso no voy a exponer los pormenores de la grotesca escena que iba a tener lugar en la galería —ni el furioso golpear de nudillos en la puerta del cuarto de baño, ni la risa nerviosa de Lali, probablemente con la toalla en los pechos el tiempo justo para salvar las apariencias, ni los pantalones de Tey mojados en los muslos cuando le vimos volver—, sino solamente evocarle cruzando el jardín tras ella, escoltado por nuestras miradas, ese momento detenido en la memoria en que su mano, desenfadadamente, como por un mecanismo de simpatía meramente táctil, se posa en la vistosa ensilladura de la granadina, que da un respingo de asentimiento y complacencia. También ella, recuerdo ahora, había bebido lo suyo, pero el mérito fue todo de él.

Afortunadamente, Mari y Sole ya se habían refugiado en casa. ¿Ocurrió en verdad algo en el cuarto de baño? Cuando Tey vuelve al jardín, frotándose los cabellos con la toalla de Lali, descalzo y con los pantalones mojados, sólo quedamos los hombres. Barrachina, hurgando entre los geranios junto al cobertizo, está buscando dos bolas de la petanca que antes ha extraviado Lali.

—Si vigilaras un poco a esa niña —le dice Tey con sorna— no echarías de menos tus bolas.

Barrachina se abalanza sobre él. Intervengo con decisión y autoridad, y, una vez calmados, sirvo copas. Germán recupera en seguida —le importa un bledo la bailarina— aquella sólida simpatía equina, el empuje dental de su sonrisa, que precisamente a Tey le irrita casi tanto como sus corbatas rojas. Tey bromeó siempre con ese color —y con escaso ingenio, la verdad— y solía jugar a excitarse como el toro, despertando la bestia que llevaba dentro. En realidad, el pañuelo de seda rojo de Mariana, la corbata roja de Germán y el bañador cereza de Lali Vera no fueron otra cosa que premoniciones del semáforo en rojo y de la furgoneta de reparto de coñac que le aguardaba años después en una esquina de Vía Augusta, bajo la lluvia, con un faro ciego y los cristales de la cabina velados...

Pero es ahora que pienso en esto, entonces lo que se me planteó fue muy distinto: oímos un fuerte estampido y una perdigonada hizo añicos, delante de nuestras narices, las copas y botellas de la mesa. Aún veo a Chema sacando la pistola del bolsillo, diciendo: Me lo esperaba, ¿veis por qué la llevo siempre conmigo? Pero sólo yo alcancé a ver, asomando por la tapia del jardín, los dos negros cañones de una escopeta de caza y el amago de un rostro lívido, sin facciones, que se ocultó rápidamente.

Por supuesto, Tey creyó siempre que habían atentado contra él: algún loco que se la tenía jurada (al parecer, según luego sabríamos por Tecla, su intervención decisiva para enchufar a mi cuñado en la secretaría del Ayuntamiento de L'Arboç había abocado a la desesperación a alguien). Pero fueron inútiles sus arrogantes pesquisas por todo el pueblo montado a caballo, sus airosas cabalgatas y sus insultos y amenazas. Nunca averiguaría la verdad. Aquel oscuro batir de alas o sombra lenta que yo veía planear siempre sobre sus hombros, esta vez me buscaba a mí...

(En fin, tío. Habría que limpiar la «baba» del texto, pero aun así creo sinceramente que el capítulo no tiene arreglo y merece la papelera.)

13

—Pasa, hombre, no te quedes ahí parado.

—¿Seguro...?

—Que sí. Estoy sola.

—Pensé que no querías volver a verme. Has llegado a preocuparme, jovencita.

—¿De veras, tío?

—Oye, no veo nada.

Se subió las gafas a la frente y entró. Tuvo la sensación, que habría de agudizarse en sucesivas visitas nocturnas, de meterse en una trampa.

—Deberías ventilar esta cueva.

Distinguió, entre jirones de humo que flotaban inmóviles, la alertada cabeza de Mao sentado en medio de la cama, en una rígida actitud de posesión y salvaguarda sobre el desorden habitual del cuarto. Tras él, envuelta en una sombra más densa, brillaba la pálida frente de Mariana bajo la boina. Pero Forest aún no alcanzaba a ver la soñolencia irónica de los párpados, aquella gracia perversa.

—En la mesa —dijo Mariana— tienes los textos de las fotos. Por cierto, quisiera ver ese álbum familiar.

—Mañana.

—También he pasado en limpio un confuso proyecto de capítulo dedicado al señorito Tey.

—Te traigo más trabajo sobre el personaje...

—Me lo temía. He visto que se trataba de una primera versión, así que me he permitido algunas sugerencias entre paréntesis.

—Se agradece la colaboración, pero estas malignas acotaciones no resuelven mis eternos problemas de tono.

—Pues yo en tu lugar las dejaría. Son...

—Mariana.

—... son el complemento naturalista que hacía falta. Pero siéntate. Retrocedamos a aquel extraño fin de semana con Tey y su excitante bulto en el pantalón.

—Mariana. ¿De veras te encuentras bien?

—Me he sentido fatal, a morir. Te he odiado, tío.

—Lo comprendo. Y lo siento...

—Ya pasó todo. Sigamos, reverenda madre.

—No, espera. Apaga el magnetófono y hablemos un poco de ti. —Le zumbaban los oídos. El olor a incienso del cuarto le cosquilleaba la nariz—. Lamento muy en serio haber herido tus sentimientos, hija, yo no sabía, no podía suponer...

Mariana soltó un gruñido:

—En mi trato frecuente con los llamados hombres de letras, vengo observando una constante muy desagradable. Hostia, todos os esforzáis en profundizar en el conocimiento de los sentimientos humanos, pero el respeto y la comprensión entre modos de pensar o sentir diferentes no es una de vuestras cualidades más comunes.

—Espero que no estés tramando ninguna venganza feminista contra este viejo imbécil.

Ahora, habituados ya sus ojos a la penumbra, empezó a distinguir los hombros desnudos y la cinta en el cuello.

—Pues mira, ya que lo dices —masculló Mariana—, había pensado ponerme una gillette en el coño para el día que te decidas a penetrarme. Pero creo que haré algo menos incómodo y más divertido.

—Qué.

—Ya te irás enterando, tío. Venga, estamos gastando cinta para nada. ¿Dónde quedamos, en este apasionante folletón de enredos matrimoniales y políticos?

—Primero enciende la luz.

—No estoy presentable.

—Por el amor de Dios, quítate esa maldita boina de la cabeza.

—Entonces no llevaría nada encima, y tú me riñes.

—Mentira. Sabes que en esta casa puedes hacer lo que te venga en gana...

—Algunas noches no duermo sola, si es eso lo que quieres saber. Cuidado que enciendo la luz.

El otro único adorno, además de la boina y la cinta, eran los lentos párpados violeta, pintados en el mejor estilo vampírico. Pero no fue eso lo que llamó su atención.

—¡Pero criatura, ¿qué te has hecho?!

—Nada que no se cure con unos toques de violeta de genciana. Estaba amuermada y me quemé los pechos con el cigarrillo. Nada nuevo. Mis depresiones. Acércame esa botellita y el algodón, ¿quieres?

—Habría que llamar al médico.

—¿Me das unos toques? Me gustaría que me quedaran enigmáticas cicatrices, como las de tus memorias... Aquí también, más abajo.

—Quieta, déjame hacer.

—Me escuece. Mira este pezón, mira cómo se está poniendo. ¡Ijjjjjj...! Me haces cosquillas, tiíto. Un poco más, por favor.

—Tu madre me matará si se entera. Insisto en que debería verte un médico.

—Tonterías. Estoy perfectamente, y con ganas de trabajar. Ya vale, gracias.

—No sé cómo puedes trabajar en medio de este desbarajuste. ¿Hoy no ha venido Tecla a limpiar...? ¡Mao, baja de la cama! ¡Fuera de aquí! No deberías consentirlo, tienes la cama llena de pelos.

—Déjale. Está cambiando de vestido y eso le pone triste, pobrecillo. Está como tú.

—Hum.

—Dame un cigarrillo de los tuyos, de los que producen cáncer de pulmón, y siéntate aquí, más cerca. ¿Por dónde íbamos? A propósito, tío, ¿te has interesado alguna vez por las relaciones droga-literatura?

—La literatura es mi droga, no me hace falta otra.

—Yo creo que el porro te iría al pelo en tu rollo literario: verías más cosas, percibirías otra dimensión, otra realidad.

—Lo que me faltaba. Aterrador.

—Bien, dejemos eso por ahora. ¿Qué miras? Dame esta camiseta, me la pondré si crees que así te sentirás mejor.

—No abuses, sobrina, no pretendas reírte de un viejo indefenso.

Mariana lanzó una rápida ojeada al regazo de su tío, que en ese momento cruzaba las piernas con un gesto menos relajado y displicente de lo que él pensaba.

—No estás tan viejo ni tan indefenso, a juzgar por la prisa que te das en ajustar los faldones del batín sobre tu afamada Parabellum. Y hablando de pistolas, que tanto abundan en tus novelescas memorias, ¿qué has hecho con la tuya?

—Estás de broma. O muy colocada.

—¿Vas a negar que estás empalmado, tío?

—No me pasa eso hace siglos.

—Bien. ¿Qué fue de tu vieja Astra?

—Me deshice de ella hace muchos años. A ver... Sí, en el 44, cuando fui expedientado por un tribunal de depuración.

—Vaya, no sabía que fuiste expedientado.

—A raíz de las gestiones que había hecho dos años antes para sacar a mi padre de la cárcel, y sobre todo para saber quién le torturó, alguien decidió que yo era un individuo desafecto a la causa.

—Te felicito. Volveremos al asunto más adelante. Veamos. Tey fue atropellado por un coche que se dio a la fuga, una noche, al cruzar contigo la Vía Augusta.

—Sí. Delante de mi casa.

—Al hablar de eso, ¿por qué insinúas que Tey murió en tu lugar?

—Es una historia algo confusa. Aparentemente, el pobre Chema murió por no querer ver el disco rojo, por negarse a la evidencia... Pero yo siempre he pensado que querían atropellarme a mí.

—¿Por qué? ¿Crees que tiene algo que ver el atropello con la perdigonada en el jardín?

—Estoy seguro. Además, yo reconocí la furgoneta azul, me había seguido más de una vez...

—Pero, ¿no fue un coche lo que mató a Tey? ¿Un seiscientos?

—Era una furgoneta de reparto —mintió Forest— muy destartalada, con faro roto y vaho en los cristales... Por alguna razón, quizá porque tenía el almacén cerca, solía aparcar en la esquina de casa. Y además yo había recibido anónimos.

—¿Qué decían?

—Que debía morir como un cerdo.

—Por qué.

Fue en este momento, mientras pensaba la respuesta, cuando sintió de nuevo el amenazador augurio, la conciencia vaga de que estaba quizá proyectando hacia el futuro las piezas sueltas del rompecabezas que el azar había de armar un día... Mao saltó de la cama con un amasijo de algodón en la boca y salió del cuarto.

—Digamos —gruñó al fin— por algo malo que pude haber hecho una vez.

—Qué poético.

—Aunque te cueste creerlo, también tenía enemigos entre los camaradas. Ya te he dicho que fui expedientado.

—Uff, cómo rasca esta camiseta. Sigue, sigue. ¿Te importa que me suba el borde por encima del pecho, así? Qué alivio. Fíjate en este pezón, qué raro está con los toques, ¿no?

—Conste que me someto a tus torturas porque sé que trabajar te hace bien.

—Gracias, ex combatiente. ¿No quieres un whisky? Hoy me gustaría hablar de tus aventuras amorosas.

—Hoy no sabes lo que quieres, sobrina. Será mejor que suba a acostarme.

—Tus ligues, va.

—Carecen totalmente de interés.

El perro, con una oreja colgando y la otra enhiesta, apareció de nuevo llevando otro objeto en la boca. Metía el rabo entre las piernas y ensayaba disimulados virajes buscando un escondrijo donde poder desmenuzar a placer su presa, que ahora Forest intentaba identificar.

Casi lo había conseguido —¿un paquete de cigarrillos, una caja de aspirinas?— cuando Mao se escurrió nuevamente de la habitación.

—Tío, en tus ojos azules veo pasar mujeres vestidas de lamé y con altos tacones —entonó Mariana—. Cuenta, va. Estoy segura que eres un escritor que supo portarse en la cama.

—¿Por qué me supones semejante habilidad, deslenguada?

—Eres algo patizambo. Siempre, desde niña, he relacionado las piernas torcidas de los hombres con el vigor sexual.

—Teoría divertida, pero improbable.

—No discutas conmigo. Hostia, ahora que me acuerdo... Tengo que comprar anfetaminas. ¿No es amigo tuyo el farmacéutico?

Forest no contestó. Notaba las patillas de las gafas apretando su cráneo, excitando algún nervio que transmitía coletazos a su mente. Una urgencia engatillada en el subconsciente (ir en busca de Mao, que estaría en algún rincón de la casa destrozando con los dientes algo que él precisaba identificar en seguida) fue liberada inesperadamente por su sobrina:

—¿Me haces el favor de traerme más algodón? Tu perro me lo acaba de robar. Hay un paquete en la rinconera del comedor.

Le sorprendió echado detrás del diván y de un manotazo le hizo soltar la presa. Antes de verlo, ya sabía que no era algodón, aspirinas ni tabaco. Parecía una caja de inyectables, era rectangular, de aspecto envejecido, y en la tapa se leía Novurit en letras verdes. Estaba vacía.

Dejando resbalar las gafas sobre la nariz —pero no eran las gafas para ver de cerca— leyó de nuevo el rótulo y controló un escalofrío que le subía por la espalda. Fue hasta la rinconera y revisó el estante de las medicinas. Todas eran modernas. Cogió un puñado de algodón y regresó al dormitorio de Mariana.

—¿Qué clase de inyecciones te pones ahora —dijo tirando la caja sobre la cama— además de fumar hierbajos?

Con los ojos calmos y una mueca vampírica, ella siguió la trayectoria de aquello hasta su regazo.

—Yo no me pincho, tío, eso no. Dame mi algodón.

—Pues una broma de las tuyas, supongo. No comprendo cómo te puede divertir... Qué te propones.

—Pero bueno, qué manía —Mariana descifraba algo en el reverso de la caja—. ¿Quieres tomarte la molestia de leer la fecha? Tres del once del cuarenta y cinco. Serían inyecciones de la tía, tú mismo te has referido a ellas en varios pasajes que he pasado a máquina...

Forest no había leído la fecha, pero sabía que era un diurético que *tomaba* Sole. No

138

apartaba los ojos de la muchacha, pero no pudo captar en su expresión, ni en sus palabras ni en su actitud, la menor señal de ironía o de secreta complacencia ante su desconcierto. Entonces desvió los ojos hacia un lado y sintió la inexplicable necesidad de corregir mentalmente la imaginaria inclinación del retrato (que ya no estaba colgado allí) de su cuñada pintado por Tey, que siempre estuvo torcido en la pared, junto al armario de luna.

Notó la mirada fija y llena de curiosidad de Mariana, su sonrisa dulce y el diabólico juego de sus muslos bajo la sábana.

—Oye, estás como pasmado. ¿Te encuentras mal...? ¿No quieres repetir los toques, para animarte un poco?

—Me voy a la cama. —Dio media vuelta—. Y tú deberías ir a tomar el fresco con tu pandilla de *L'Espineta*. Buenas noches.

—Bésame, tío, y perdona las molestias.

—¿Cómo dices?

—Que antes de irte beses a tu pobre sobrina con cicatrices en los pechos. ¿O me tienes miedo?

Forest sonrió, finalmente, al asociar de nuevo a la muchacha (que desde luego jugaba a encarnar alguna revancha) con la aparición del viejo específico, que seguramente habría pertenecido a su padre en los meses anteriores a su muerte: era lo lógico. Consiguió, por lo demás, postergar la respuesta hasta ver otra vez enhiestos los maltratados pezones violeta:

—Está bien. —Se inclinó sobre ella, sin tocarla—. ¿Así?

—Hum. Aburrido.

14

Chema con su capa negra y botas de montar, frente al caballete emplazado bajo los pinos, pintando la parte trasera de la casa. Otoño del 46. En la tela se distingue el viejo eucalipto, un banco de pino y el lavadero (que desapareció al construirse la galería), lo que constituye, en la onírica paleta de Tey, una rara concesión al realismo. Solía pintar, en este jardín, árboles que no estaban en este jardín, preferentemente abetos, sauces llorones y palmeras.

Ése es el único cuadro de Tey que conservo, colgado en mi estudio de Barcelona. En él se representa el portal abierto de la casa de Calafell y toda la planta baja invadida por la arena hasta el fondo, formando suaves dunas sembradas de estrellas de mar, conchas y viscosas algas peinadas por la marea. Visión fantástica de casa de pescadores penetrada por el mar, como una prolongación desolada del mar (con aciertos notables, como las pértigas y viejos timones inservibles que emergen parcialmente de la arena como restos de una memoria naufragada), esa curiosa pintura es fruto de un sueño o de una nostalgia; recuerdo una conversación con Tey acerca de cómo fueron o podían haber sido estas casas en tiempo de mi abuelo, cuando la arena llegaba hasta los porches.

Soledad y Chema montando a caballo con la Giralda de L'Arboç al fondo, en una de sus excursiones a ese pueblo para visitar a mi hermana y a mi cuñado. Obsérvese la voluntad de estilo del jinete en su blanca montura, la erizada solemnidad de los hombros, los guantes negros y las solapas alzadas de la cazadora.

Capítulo XXIV

Ahora es, me aseguran, guardaespaldas de un jerarca local. Nunca le veo: hablo de oídas. El peso de su vida y de su afán secreto ya no lo sostiene ninguna imagen fundamental. Cuando la fantasmada celeste de sus jefes con sus pendones y luceros empezaba a pudrirse en inútiles oficinas y recepciones, él casi había terminado de pudrirse al sol, en la calle, en las tabernas y en los burdeles. Él nos anticipó la decadencia física y moral que en este 1976 agobia el Edén Azul. ¿Por qué le tocó vivir tanta ignominia? Así se templó aquel espíritu insensato.

Los ultrajes del tiempo, la combustión del espeso Veterano, los ideales sanguíneos, la detestable pintura, las reinventadas anécdotas, el bulto en el bolsillo del pantalón, el abusivo jaque mate, los muslos insomnes de una gitana y el abandono del tenebroso fijapelo (Te prevengo, tío: con esta manía de lanzarte cada dos por tres en busca del ruido y la furia, acabarás de morros en el diccionario de sinónimos como un Gironella cualquiera) junto con un progresivo aplastamiento de la nariz, una enternecedora desfachatez de púgil —una expresión insólita en él— alteraron finalmente su atractivo y su particular manera de explotarlo, y, en consecuencia, su círculo de amistades.

En el apogeo de su vida aventurera, José María Tey frecuenta un bar de policías de la calle Mallorca, juega excelentemente al ajedrez, redacta una sección de crucigramas en un periódico local y publica un curioso librito sobre los *Castellers* del Penedés, interesante pero de lenguaje inadecuado —esos castillos humanos, que él admiraba tanto, no se *hacen* ni se *deshacen*, sino que se *cargan* y se *descargan*—. Tenía, por lo demás, sobrado talento para muchas cosas; por ejemplo titulaba genialmente espectrales novelas góticas que nunca habría de escribir, y recuerdo ahora un título que revela una asombrosa perspicacia: *Los horrores conyugales de Zaragoza*.

En cuanto a su afición pictórica, desde el 59 no volvió a exponer.

Alguien le vio un día lluvioso en un autobús atestado: había enflaquecido, llevaba bajo el sobaco una mugrienta cartera de mano llena de recibos y lucía caspa y ceniza en las solapas. Es el veintitantos de marzo o abril, no recuerdo bien, del 69. A propósito de ese comentario alarmante, Soledad me sugiere localizarle y ver qué se puede hacer. No tendrá dinero ni recursos, ni amigos ni esperanzas. A través de la ventana, veo caer la lluvia sobre la Vía Augusta. En la esquina gira una furgoneta de reparto de cierto coñac, con las ruedas laterales sobre el bordillo y una sombra sin rostro en la cabina, la crispada mano girando el volante con un destello fugaz, quizá una sortija...

(Por una vez, sobrina, me anticipo a tus irritantes paréntesis No estoy alardeando de una memoria total, ni siquiera de alguna facultad premonitoria: esta reiterada furgoneta fantasma no es real —como tú ya habías sospechado, creo— sino inventada. Sólo existe en mi mente. Como es sabido, Tey murió realmente bajo las ruedas de un vehículo que se dio a la fuga en mi presencia, y que yo nunca había visto antes. Se trata pues —la tentación era fuerte— de un apaño retrospectivo de la verdad, una reforma simbólica o poética, a la que tengo perfecto derecho incluso en mi autobiografía. Puedes, si lo prefieres, tomarlo como una ironía privada del autor... ¿Qué otro sentido podría dársele al macabro detalle de que la carga de coñac y el rótulo que lo anuncia en los costados de la furgoneta que ha de aplastar a Tey correspondan a la marca Fundador? Je, je, je. Por supuesto, tira este paréntesis a la papelera al pasar el folio en limpio.)

En ese momento, a José María Tey le quedan quince minutos de vida.

Me hago cargo de la curiosidad que hoy puede despertar un tipo como él. El mundo que le rodea se desintegra, pero no se da cuenta. En el transcurso de los diez últimos años, 1959-69, todas las noticias que me llegan lo confirman: ha propinado una soberana paliza a un joven cura en la escalinata de San José de la Montaña, después de oírle un sermón demasiado «rojo»; ha empuñado su vieja pistola de escuadrista en un ambulatorio del Seguro de Enfermedad, ante un médico que se negaba a recetarle penicilina para el hijo de una vieja prostituta amiga suya; ha zarandeado al director de un periódico que le había devuelto un artículo, le ha cogido de las solapas y le ha abofeteado en la Delegación de Prensa de las Ramblas, por lo que ha perdido definitivamente su empleo de censor. Etcétera.

Vive en la barriada de Gracia, en una ruinosa torre que perteneció a su familia, con una gitana, una mujer notable cuyo hijo mayor trabaja en una funeraria. ¿Tey confidente de la Brigada Social? Hay lagunas en el recuerdo, sueños intercalados, conciencia de nada. Lleva trajes de muertos y juega al ajedrez contra sí mismo, combinación insuperable para anular espejos y calendarios. Le han visto vagar por el barrio, mal afeitado y con reventados zapatos, recalando en las tabernas para cobrar las míseras antiguas cuotas del Auxilio Social, suscripciones ya no vigentes pero que algunos taberneros aún le liquidan, por lástima de él o quizá todavía por miedo.

Hoy cenaremos en casa, Soledad quiere verte, Chema, todo se arreglará ahora, nadie te ha olvidado y ella menos que nadie... ¿Dirías incluso eso: un amor indestructible el vuestro? Se sentía un poco febril y le obligué a ponerse mi abrigo gris. Todo sigue igual, camarada, prietas las filas.

Pero no volveremos a juntarnos los tres jamás, ni para cenar ni para nada. Ahora sólo hay una cosa que me obsesiona: ¿por qué no retrocedió conmigo, bajo la llovizna, cuando tiré de su brazo al ver el semáforo en rojo, en vez de quedarse en la calzada, solo? Mientras discute obcecado y furioso, no recuerdo sobre qué, no ve que me he parado en el bordillo. Decido saltar al arroyo y cruzarlo con él del brazo, instándole a correr. Ya la furgoneta ha arrancado desde la sombra —pero yo aún no la he visto— con su faro ciego y la mano lívida girando el volante con un golpe tardío, calculado. Le agarro del brazo, Chema que está rojo, grito (creo recordar, entre el chirrido de frenos, su voz desdeñosa mascullando: siempre lo está, coño), pero de un brusco tirón se suelta de mi mano y se me queda allí, en medio del asfalto mojado. Yo he tenido el tiempo justo de tirarme a un lado.

Por entre mis dedos crispados en la cara, durante una fracción de segundo, veo los ojos claros, aguardentosos, del conductor escrutando mi pasmo, mi desolación frente al cuerpo de Tey ya rebotado junto al bordillo, inerme y boca arriba, con las firmes solapas subidas de mi abrigo tapando aún las raídas solapas de su traje negro.

La furgoneta no se detuvo. Siempre he creído que el supuesto accidente me estaba destinado a mí.

15

—Bueno, ¿qué tenemos de emocionante para esta noche?

—Pregunta.

—Me gustaría conocer algunos detalles a propósito de relaciones extraconyugales. Adulterios, abortos, blenorragias, posturas preferidas en la cama... Tío, si has de poner esa cara de ganso cada vez que hago una pregunta ingenua, y, después de todo, halagadora, dada la escasa fama de tu picha, lo dejamos.

Con la mente todavía embotada, miope y medio sordo, Forest se sentó en la cama con aire resignado.

—No perderé el tiempo —dijo— exponiendo los pormenores de una actividad que considero aburrida, y en la que nunca pretendí brillar de manera especial.

—¿Es verdad que la tía te abandonó porque en veinticinco años de matrimonio sólo se corrió contigo tres veces?

—Lo considero más que suficiente. ¿No podrías parar esta música aberrante?

Era una versión moderna y esquizofrénica de un dulce clásico sacrificado, electrocutado, irreconocible. Mariana terminó de liar y ensalivar el pitillo con la mezcla, pulsó el magnetófono, quitó la cassette y puso la cinta para grabar. Su tío oyó un carraspeo en la sombra y un chirrido de arena bajo un zapato.

Un joven alto, de lacios cabellos grasientos y grandes manos dormidas, se desenroscó como una serpiente en el rincón más oscuro del cuarto, cogió una camisa rosa y se deslizó hacia el jardín por la galería.

—Lo siento —dijo Forest—. Podías haber avisado.

—Pensé que dormía. Se tomó un valium, tuvo un mal viaje.

—No me gusta que les hagas entrar y salir por la puerta trasera...

—Es que éste deja siempre la moto en el jardín. —Acomodó la almohada en su espalda y añadió—: Bueno, qué me cuentas. ¿Terminaste por hoy con tu melindroso descargo de conciencia, arriba en tu guarida?

—Lo malo de los jóvenes —suspiró su tío— es que no sabéis perdonar. Serví a la causa que creía justa con las armas, eso fue todo. ¿Tienes un cigarrillo normal?

—Con las armas y con la pluma, tío. No sólo disparaste contra la libertad, también la enterraste en versos y novelas, pesadísimas por cierto. Llevas prendido en la oreja un cigarrillo sin encender y otro en los dedos, o sea que estás tú bien hoy, vaya...

Entre la tupida maraña de pecas y pelo rizado, sus ojos brillaban. Forest admiró una vez más la extraña seriedad del mentón y la potestad de los pómulos hinchados, consonantes con los senos divergentes que tensaban la camiseta-telaraña.

—Me comes el coco, tío —añadió ella riéndose—. ¿Qué hacemos...? ¿Quieres que te sirva una copa antes de empezar, o quieres hablar, o sólo mirarme, o prefieres por fin que te haga una paja?

Su risa bronquítica acabó en tos. Aparentando indiferencia, Forest se levantó para servirse un trago. Desde la mesa dijo, sin volverse:

—Déjame ver tus quemaduras.

—Estoy curada. ¿Has trabajado mucho hoy? Dios sabe con qué tenebrosas ideas de venganza escribes tu vida. Me das miedo, pobre unidad de destino.

—Querida niña de lengua viperina, a mí sólo me interesa evocar la juventud perdida...

—Eres un cínico. Y a propósito de tu juventud. Tu amigo el farmacéutico, tu compinche en viejas alcaldadas y denuncias, no quiere venderme más anfetaminas. ¿Por qué no le hablas y le metes en cintura?

—Lo haré.

Se oyó el estruendo de la moto al fondo del jardín, saliendo a la calle por la puerta trasera. Mariana dijo:

—Estarás contento. Me has dejado con las ganas...

—Droga, ruido y sexo —entonó Forest—. No consigo ver en esa trinidad moderna más que tristeza y aburrimiento. En fin, me iré para que vuelva tu amigo.

—No. Siéntate. ¿De verdad no te gustaría hoy hablar de tu vida sentimental? Se dice que nunca has tenido amantes.

—Nunca —bostezó él—. Pero sentimientos sí.

—¿No cuentas en tus memorias ninguna infidelidad o pasión tormentosa?

—Prácticamente ninguna... Son vivencias marginales, que no aportarían nada al libro porque miran hacia otro lado, que diría Stevenson. Además, apenas me acuerdo.

—Voy a hacerte una confesión —susurró Mariana inclinándose sobre su hombro—. No hace muchos años, yo aún creía que había cantidad de mujeres hermosas en tu vida. Entonces yo era muy romántica, tío, y me gustaba soñar que tú eras un sifilítico y que debido a eso, cuando se presentara la ocasión, sólo podrías metérmela entre las piernas pero te corrías igual y luego dulcemente te dormías en mis brazos y había un intenso olor venéreo que me envolvía y me hacía muy muy feliz...

—Caray, un sueño bien candoroso.

150

—No te hagas el listo, va, las cosas como sean...

—Las cosas no son como son, sobrina, sino como se recuerdan.

—Eso lo dijo Valle-Inclán.

—¿Seguro? También pudo haberlo dicho De Gaulle.

—Vaya corte. Hay que ver cómo os expresáis los antiguos, qué labia. Y hablando de eso, de la cocina del escritor y sus guisotes lingüísticos... Esta semana he estado leyendo uno de tus viejos libracos testimoniales sobre la guerra, y en una de las crónicas, todas triunfalistas y falsas, claro, hay una imagen bellísima que vuelve una y otra vez a lo largo del relato: la imagen de un paracaidista que flota en la noche, un piloto acribillado con su paracaídas y colgado en las ramas de un pino, perdido en la sierra. Describes su lenta agonía, solo, desangrándose, ¿recuerdas?, y dices que, antes de morir, al sentirse columpiado como cuando era niño, tiene de pronto la sensación de haber estado allí alguna otra vez, de haber habitado aquel ámbito de silencio. Luego esta visión se le aparece al narrador muchas veces, incluso en la paz del hogar, en alguna recepción oficial y en manifestaciones populares de adhesión. Nunca volverás a escribir nada mejor, tío...

—Es muy posible.

—Sin embargo, es mentira. Sí, señor, es un camelo. Porque en vuestra dichosa guerra no combatieron fuerzas paracaidistas, y tú lo sabes.

—Conforme. Es la única imagen no real en todo el libro.

—La pregunta es: ¿utilizas en tus memorias un artilugio parecido?

—Ya te lo dije. La furgoneta que me persigue bajo la lluvia, que me atropelló en el 48 y que años después acabó con Tey por error... Bueno, en realidad al pobre Chema lo pilló un humilde seiscientos.

—¿Y por qué haces esto? ¿Qué sentido tiene?

—Una licencia poética.

—Ya. ¿Hay otras chorraditas poéticas en las memorias?

Forest se levantó y empezó a pasear, excitado por algo.

—Te habrás dado cuenta —dijo— que esta pequeña falacia sostiene retrospectivamente la otra, la que me permite enmascarar una vivencia real que hoy quisiera olvidar: la causa de mi cojera. Fue, efectivamente, una heroica herida de guerra. Pero yo prefería que fuese por atropello: tengo derecho a rectificar mi vida.

—¡Pues claro! —palmeó Mariana—. ¿Cómo no se me ocurrió antes? Primero quisiste ca-

muflar la cosa con una tonta caída en las letrinas, y luego con la furgoneta asesina. Ajá.
—Sentada sobre sus piernas cruzadas, saltaba en la cama, divertida—. Eso quiere decir que nadie te persiguió nunca, que nadie te apuntó jamás con una escopeta de caza, que nadie entre los tuyos te odiaba por... supuestas disidencias que hoy te beneficiarían.

—No vayas tan lejos. No deseo justificarme. Sólo escribir bien.

—Diabólico, el memorialista.

Se tapó la cabeza con la sábana, riendo. Forest, que ahora volvía junto a ella, se paró un instante para frotarse la pierna herida y cambió luego el paso y el ritmo como si le atenazara un dolor, acentuando la cojera (una desinteresada actuación, en realidad, puro amor al arte, dado que ni su sobrina ni nadie podía verle en aquel momento) hasta alcanzar el borde de la cama y sentarse de nuevo.

—Espero que sepas respetar mi pequeño secreto, en tu entrevista.

—Bueno. Pasemos a otra cosa —dijo Mariana apartando la sábana—. Hablemos del fanfarrón de Tey, como pintor y como ex novio de la tía... ¿Nunca tuviste celos? ¿Venía mucho por esta casa?

—Precisamente, rastreando en mi diario he descubierto que los veranos que Chema pasó aquí son más de los que pensaba. Cuando mi madre y mi hermana Rosa, ya casada, se fueron a vivir a L'Arboç, tuve la casa cerrada un año. Ya entonces Tey me pedía la llave y venía a pintar los fines de semana. A veces venía con tu madre, cuando sus relaciones aún eran estables. Ayudó mucho a Sole cuando ella decidió reformar la casa, y después se convirtió en un invitado frecuente. Solía pintar sus dramáticas marinas en el jardín, nunca en la playa, sólo una vez pintó este mar y tampoco era este mar... Cuando no pintaba, diseñaba patrones para bordados que luego regalaba a Sole para sus hacendosas chicas de la S.F., o redactaba jugadas de ajedrez para un semanario o un diario, no me acuerdo.

—El retrato que te hizo en 1945, y que está en casa de mamá, no es bueno, pero tiene una rara cualidad: cada día que pasa te pareces más a él.

Forest se removió incómodo, agitando el contenido del vaso. Un rayo de luz que provenía del farol del jardín encendía la roja buganvilla de la ventana.

—Es un cuadro malísimo, insufrible. Ahí —Forest señaló la pared— estuvo colgado durante años un horrible retrato de tu madre.

—Lo encontré tirado en el cobertizo.

—Mi buen amigo era un pintor detestable, un farsante. Le veo todavía ahí fuera, bajo aquel pino, con botas altas y espuelas, perfilando en la tela la mecedora negra donde se sentaba tu madre... ¿O era Soledad? —Se esforzó en configurar algo que de pronto intuía esencial, era en el jardín, voces y gestos como en el agua, imágenes que apenas ya si tenían color dentro de la pecera de la memoria—. Sí, era un día que Tey acababa de llegar de un paseo a caballo con tu madre, pero era a Soledad a quien pintaba... Eso creo. Fue antes o después de mi viaje a Buenos Aires.

—Esto se está poniendo demasiado técnico, tío. Aclárate. ¿Quieres un porrito? Te ayudará a recordar.

Mostraba una repentina flojera en el cuello y los párpados rendidos. Forest se levantó, en parte por esquivar el humo perfumado con que ella le envolvía ahora.

—Lo dejaremos para mañana, hija.

Mariana daba cabezadas. Todavía dijo:

—Por cierto, no hemos vuelto a hablar de tu crisis de conciencia, de tu renuncia siempre aplazada... ¿Cuándo lo intentaste de nuevo...?

Forest ordenaba los folios sobre la mesa. Al volverse, ella ya estaba dormida. Tenía la cabeza caída sobre el hombro y el pitillo humeaba entre sus dedos, en el regazo. Forest se lo quitó con sumo cuidado, lo aplastó en el cenicero, apagó la luz de la mesilla y salió del cuarto.

16

Capítulo XXXVII

El 17 de octubre de 1948, jueves, me traslado en tren a Calafell, anticipándome a Sole y a los niños, con la intención de corregir sosegadamente las pruebas de *Rosario de reencuentros* (Madrid, 1948). El día anterior había regresado de una corta estancia en Buenos Aires, donde fui invitado a participar en un soporífero ciclo de conferencias sobre Hispanidad y Literatura (No comprendo cómo desaprovechas una ocasión tan buena para despolitizar tu actividad cultural, tío: la verdadera razón de que fueras volando a agravar con tu rollo aquel sopor hispanista y lelo era, hoy puedes decirlo, una dama uruguaya de finas prosas y caderas), y nada más llegar pasé por la oficina de la Delegación a despachar unos asuntos.

Mi estado de ánimo, por esas fechas, no puede ser peor. La famosa adhesión inquebrantable, cuyo recuerdo todavía hoy parece irritar a muchos, pendía de un hilo. En la oficina, Tey, más belicoso y empistolado que nunca, con una ensangrentada cruz de esparadrapo en la frente —le había rozado una bala: andaba colaborando con sus amigos policías, por el placer del peligro, en arriesgadas misiones contra la oleada de atracos a bancos que asolaba la ciudad aquellos meses—, me advirtió que mi último libro tenía problemas con Censura. La gota que desbordaría el vaso fue una violenta discusión que sostuve por teléfono con el nuevo delegado de los servicios de Orientación Bibliográfica y con sus lacayos censores, que pretendían, efectivamente, eliminar dos capítulos enteros del libro.

Ocurre poco antes de mi partida a Calafell, mientras Soledad me prepara una maleta con ropa; me ha oído blasfemar y desbarrar por teléfono, y de pronto aparece en el umbral de la biblioteca, pálida, visiblemente contrariada, como si mis insultos fuesen para ella. Ha medido, por fin, la intensidad de mi desilusión y de mi rabia. Sin más preámbulos, le expongo la ya impostergable necesidad de dimitir y acabar de una vez con la comedia. «No hablas en serio, no harás tal cosa», dice en un susurro. «No te metas en eso.» Al colgar el teléfono, después de mentar a la madre del nuevo delegado, casi lo rompo. Sole me dice: «Lo tenías decidido, estabas esperando una tontería como ésta, el simple error de un funcionario...» «¡No es un simple error! ¡Es la mierda que nos llega al cuello, ¿no te das cuenta?!»

Me sigue hasta el dormitorio, demudada, mirándome como a un desconocido. Habla de la sagrada memoria de su padre y de su hermano, de todo aquello que jamás debe ser profanado, y luego, despacio, empieza a insultarme en voz baja. No doy mi brazo a torcer. «Tómalo con calma, cariño, porque esta vez estoy decidido.» Temiendo todavía por su salud, corto la discusión, agarro la maleta y la trinchera y salgo del piso con un portazo.

No iba errada al decir que me sirve de pretexto el exceso de celo de un funcionario corto de miras —días después, yo mismo resolvería la cuestión poniendo el grito en el cielo, es decir, hablando con Madrid—, pero en ese momento el asunto me deprime, confirmando funestos presagios y reavivando mis sofocadas ansias liberales. ¿Qué derecho tienen estos hijos de puta a enmendarme la plana, a mí, que por ellos he llegado a enmendar la historia contemporánea del país?

Y es dos horas después, en Calafell y en nuestro dormitorio, tras haberme cambiado y ya dispuesto a bajar a encender la chimenea, cuando una aturdida serie de casualidades (unas botas de montar de hombre sucias de barro junto a la cama, un crucigrama resuelto con dos tipos de letra, y unas diminutas estrellas de sangre en el borde de la bañera) me hunde en el estremecedor presentimiento de lo que habría de constituir la única infidelidad de Sole en casi treinta años de matrimonio.

Ahorraré al lector los triviales pormenores de una sospecha que poco después, con la ayuda casual e involuntaria de Tecla, vería confirmada. Se trata de un recuerdo embarazoso, quizá no tanto para mí —han pasado tantos años, hemos cometido tantos errores— como para sus protagonistas, hoy difuntos e indefensos. Pero he de referirme a ello porque de lo contrario no se entendería mi nueva claudicación.

Al día siguiente, después de una noche fatídica (encima, olvidé en Barcelona mis gafas y mi pipa favorita), llamo por teléfono a Soledad. La he sacado del baño. Su voz denota aún la decepción, el disgusto que le causé. Sí, está haciendo la maleta, pero no para venir a reunirse conmigo y pasar juntos el fin de semana con los niños y tal vez con Mariana. Nada de eso. Veo sus amplios camisones sobre la cama, su severa ropa interior, sus ligas estrictas... Alarmado, le exijo una explicación de lo sucedido en Calafell durante mi ausencia. Una pausa larga. «¿Podrás soportarlo?», dice finalmente con su voz resabiada y nasal, de señorita del Ensanche. Veo su albornoz entreabierto, los cortos y gruesos muslos chorreando agua. Entonces admite los hechos, para en seguida añadir fríamente, contra todo pronóstico, que lo mejor que podemos hacer es separarnos...

Yo no había previsto eso en absoluto. Veo su

mano pequeña e hinchada frotando la pelvis con los faldones del albornoz, abriéndose de piernas, veo todas sus medicinas en el neceser malva abierto sobre la cama... Pues sí, ya que lo preguntas, hay otro hombre en su vida, sí, está o cree estar enamorada, no señor, no ocurrió durante ningún fin de semana premeditado, qué poco me conoces, Luys, una sola vez y fue un «día corriente de entre semana», qué importa si le conoces o no, en todo caso no es por ese hombre que ella quiere dejarle, o no solamente por eso, cabezota, que toda la culpa es de él, que ella nunca necesitó a otro hombre hasta que él empezó a cambiar, a alejarse de ella y de todo lo que les había unido y por lo que tanto habían luchado, cómo se puede traicionar así un ideal y una vida y un amor (Lenguaje de telenovela, tío, ojo), así que ahora ya lo sabía todo...

Le pido que deje de llorar y que reflexione, que piense en los niños y en su madre, le ordeno venir inmediatamente para discutir el asunto con calma, pero me cuelga sin responder.

Por la tarde se presenta con los niños y una respuesta muy meditada, que me expondrá sentada en una silla frente al fuego y cogiéndose una rodilla con las manos; la contemplación del pánfilo movimiento de sus dedos regordetes al entrecruzarse me producía siempre, aún no sé por qué, sequedad en la nariz. Pero es la idea de que pueda abandonarme lo que me obsesiona y me asusta. Resumo la interminable conversación, con su tanda de mutuos reproches —pero también de imprevistos y solícitos intermedios: yo le recuerdo su píldora de las ocho y le traigo un vaso de agua, ella me ha traído las gafas olvidadas en casa—, para no fatigar: Soledad se aviene a que todo siga igual que antes, renunciando a ese hombre, a cambio de que yo no vuelva a ofenderla con esa idea insufrible de renunciar a nuestras esencias.

Hoy sé que difícilmente puede justificarse una decisión motivada por avatares tan domésticos, tan contradictorios incluso, pero lo cierto es que acepté. Mi afecto por Soledad era el único perfume, la única flor en el vasto páramo de mi vida emocional. No soportaba la idea de perder a mi mujer. (Creo que esta última frase deberías suprimirla, tío, es francamente desvergonzada.)

En cuanto al adulterio, considero que no se ofende a la memoria de los difuntos revelando excesos de amor, pero tampoco creo necesario ser más explícito respecto a ese «día de entre semana», que por cierto siempre imaginé gris y enfangado, bronco, probablemente barrido por el mistral...

—Tampoco a mí me convence, Mao —dijo Forest recostando la fatigada espalda en el sillón—. Y lo que es peor: no me divierte nada.

Una rauda avispa entró por el balcón abierto, dibujó una espiral ascendente sobre su cabeza, cruzó el cuarto planeando y salió al pasillo, perseguida por el perro.

Mientras con una mano se subía las gafas a la frente, Forest arrancó el folio de la Underwood y lo dejó a un lado, trazó un círculo rojo en torno a un párrafo, puso otro folio en la máquina, ajustó el rodillo y esperó. Al encender un cigarrillo, sus ojos de plomo descubrieron otro recién encendido en el cenicero: humeaba tranquilamente, incólume y ajeno. Sintió crecer en el pecho la doble ola de un acceso de tos.

Sonriendo por debajo de la nariz, tuvo que admitirse a sí mismo que no era verdad que no quisiera ser más explícito en todo lo referente al fantasmal adulterio: ciertos inconfesables deseos se habían ya convertido en imágenes roqueñas de la memoria expoliadora (y locamente juguetona, por una vez: gateando desnuda en la cama, enhiesto el culo de porcelana y con la boina roja encasquetada hasta las cejas, Soledad Monteys jadea cantando *Montañas nevadas* mientras remonta unas peludas piernas masculinas), pero en el severo marco de una autobiografía no cabían esos recreativos sueños de revancha conyugal...

Después de trabajar intensamente toda la mañana en el nuevo injerto, lo único que Forest tenía ante sí era un montón de chatarra retórica. La coartada moral, poco convincente aún, yacía sepultada en el denso encofrado teórico destinado a sostener todo el edificio narrativo, que se había derrumbado. Paradójicamente, en medio de las ruinas se alzaba, intacta y obsesiva, la imagen de Soledad Monteys sentada en la mecedora negra bajo el almendro florido, una soleada mañana de invierno, poco antes del adulterio apócrifo, en el instante en que vuelve la cabeza y sonríe a José María Tey, parado ante su caballete y azotando con el pincel sus botas altas de montar sucias de barro: destellos de una antigua y sumergida memoria que ahora regurgitaba gestos y voces de aquel día, la proximidad del mistral y un desconcierto en el jardín, un extravío de los senderos semiborrados en el césped y el rosal deshojado... Hablo de cosas que nadie recuerda ni podría desmentir. Hace muchos años, en mi niñez, estos senderos estaban cubiertos de arena y en ellos yo trazaba arabescos.

Maquillando retrospectivamente esos gestos y voces regurgitadas, decidió que el amante sin rostro podía y debía tener un rostro —naturalmente difunto— y ese rostro sería el de Tey. ¿Acaso Sole y él no habían sido novios antes de la guerra? Un detallito sin importancia, pero que hacía la cosa endiabladamente verosímil.

Por cierto, tenía repletos los archivos de la memoria visual con imágenes de la pareja en esta casa y podía utilizarlas impunemente a modo de premoniciones, estratégicamente agazapadas en el texto, por ejemplo sus largas caminatas por la playa al atardecer cogidos del brazo, sus imprevistas excursiones a las colinas próximas en busca de espárragos, sus paseos a caballo hasta Bellvei o L'Arboç por el viejo camino de la Cubertera, entonces sin asfaltar (¡las botas enfangadas!), o las veladas invernales al calor del hogar haciéndose semiconfidencias, intercambiando patatas asadas y un sentimental hormigueo del tiempo en las miradas, rescoldos de aquel noviazgo que la guerra convirtió en cenizas. Recordaba haber visto alguna vez sus cabezas muy juntas sobre la carpeta de Chema con patrones para bordados, su mano en la nuca de ella, verificando quizá una seda caliente... Y les veía, sobre todo, sentados al borde de la cama y vestidos de azul, llegados de alguna recepción oficial, una noche de un 18 de julio en que ella hizo subir a Tey al dormitorio para mostrarle la suntuosa colcha de ganchillo hecha por alguna de sus muchachas, y proponerle —le gustaban esos juegos— que adivinara el diseño con los ojos cerrados, mediante el tacto; veía los dedos de la mano grande y morena avanzando cautelosos sobre la colcha, reconociendo la exultante trama de hilo (estrellas, flechas y rosas) hasta tropezar, de pronto, con las robustas rodillas de Soledad, que asomaban, súbitamente encendidas, bajo la falda plisada...

Aunque el mórbido conjunto estaba fraudulentamente manipulado, las partes que lo componían eran reales. Sin embargo, el atrevido visitador del pasado se paró en el umbral, conteniendo las ganas de entrar y una risita sardónica: habría dado cualquier cosa por alumbrar algún desenfreno sobre aquella cama, otorgando al improvisado amante ciertas prerrogativas con las que él soñó alguna vez liberar un reprimido pus marital, oscuramente vengativo (por ejemplo una impetuosa penetración trasera de Sole Monteys, con el aliciente insustituible de la boina roja y gran revuelo de faldas azules, insignias y bordados, para luego obligarla a un ejercicio de succión bucal, también con boina, estimulando una erección inquebrantable), pero de nuevo ahuyentó a los traviesos duendecillos privados y se aplicó en la invención del cuadro.

Porque la prueba irrefutable del adulterio sería un cuadro al óleo representando a Soledad en el jardín. Tey lo habría pintado aquel mismo día, suspendiendo el trabajo poco antes —a juzgar por la incontenible explosión de tonos ardientes— de consumarse el incidente, y dejando después el cuadro sin terminar. Excitaban siempre a Forest estas combinaciones secretas y, al cabo, compensatorias: en algún enmohecido bolsillo de la memoria tintineaban de pronto las llaves de la lógica. Por ejemplo, la cruz de esparadrapo que él había visto el día anterior en la frente de Tey acabaría por revelar (según se le haría saber más adelante al indefenso lector) la cita secreta con Sole en la casa de Calafell: no habría sido la bala perdida de ningún atracador anarco-sindicalista la causante de aquella herida, sino la alcachofa de la ducha de esta casa y precisamente aquel «día entre semana»; vieja y mal enroscada, decidió Forest, se habría desprendido con la presión del agua, golpeando la todavía ardorosa frente del amante, y eso explicaría las estrellitas de sangre en el borde de la bañera que Tecla no acertaría a limpiar del todo y que él habría de descubrir...

Mediante un cóctel de intuiciones parecido a éste, surgió la idea del cuadro. Lo había concebido, en un principio, como simple elemento narrativo destinado a reforzar el clima y la verosimilitud de la intriga, pero al describirlo no resistió a la tentación de usarlo como vehículo de escarnio: siempre le había fastidiado la pomposa pintura de Tey.

Imaginó un vómito de enloquecidos verdes y ocres en una perspectiva imposible del jardín, como si el pintor hubiese emplazado el caballete en el cuarto de invitados, el que ahora ocupaba Mariana, y cuya ventana ofrecía un marco natural y romántico de rojas buganvillas. Ese emplazamiento ideal impedía la visión del fondo del jardín, con la tapia encalada y la hiedra, los lirios azules y los geranios, y sin embargo, según era habitual y exasperante en Tey, esos ornamentos estaban en el cuadro, en un plano convencional y nítido, relamido, más allá del almendro en flor bajo el cual, sentada en la mecedora y junto al neceser malva de las medicinas, Soledad tejía una bufanda azulgrana.

Forest prevenía al lector del dudoso placer de contemplar en este cuadro algunas auténticas hojas de buganvilla (recordó que Tey, hacia esa época, empezó a practicar irritantes formas de camelo, entre ellas la de pegar hojitas de verdad en medio de la hojarasca ficticia, aleccionado sin duda por un conocido crítico de arte, un solemne majadero), así como fibras de lana, miel de abeja, colillas y otras bobaliconas muestras de su escaso talento, incapaz de reflejar la verdad y la vida.

Sin embargo, tal vez para atenuar un poco la severidad de ese criterio, y al mismo tiempo para reforzar su propia teoría, no escatimó

elogios al describir el almendro —que cobija-
ba a la falsa adúltera con su auténtica labor de
ganchillo— pintado con el vigor de la humil-
dad, y cuyas ramas profusamente floridas,
una explosión ingenua de nata y fresa, conse-
guían, por alguna extraña razón, ser lo más
verosímil del cuadro.

Media hora después, el memorialista cocte-
lero bajó con una cerveza y salió al jardín sil-
bando una alegre tonadilla. Se sentía satisfecho. Desde la ventana del cuarto de Mariana le
llegó el trajín elocuente de Tecla, su escoba golpeando muebles. Era poco más del mediodía y
el sol caía a plomo. Sobre el césped mojado,
junto a la toalla de su sobrina, la manga de riego se retorcía como una serpiente, echando
por la boca un hilo de agua. Forest fue a cerrar
del todo la llave de paso y luego se paró bajo
el almendro, la mano apoyada en el tronco. Intentando verlo como si fuera entonces, estuvo
mirando la tapia donde el espectro de la hiedra tejía su tiempo antiguo, la rinconada de lirios azules y pútridos, que sobrevivían también
ellos a los claros días, la cuerda deshilachada
del viejo columpio colgando del pino y el bo-
tecito que agonizaba en la hierba... Alguna vez,
casi cincuenta años atrás, la mirada azul de su
padre debió enternecerse al pintar para él ese
bote, para que fuese a costear y a pescar en los
remotos domingos en calma... Una hoja de ra-

diante verde, bastante rápida, cayó del almendro ante los ojos de Forest. Y de pronto su mano dejó de sentir la rugosidad caliente del tronco, tuvo la sensación de apoyarse en el vacío.

En aquel paisaje ideal, algo no encajaba, algo no estaba en su sitio. Alzó los ojos y vio sobre él las tupidas ramas verdes, y cayó entonces en la cuenta. ¡Qué tontería!: los almendros no florecen en octubre, sino en febrero, de modo que el esplendoroso y artístico estallido de luz que tan benévolamente había otorgado al cuadro de Tey, supuestamente pintado a primeros de octubre del 48, era un error garrafal.

Dispuesto a respetar, cuando menos, las leyes de la naturaleza, pensó en subir al estudio y rectificar la fecha o la descripción del almendro; pero luego, sonriendo irónicamente, optó por dejarlo como estaba. ¿Acaso el estilo intemporal y romántico del pobre Chema no fue siempre el de pintar las cosas no como son, sino como a uno le gustaría que fuesen?

En ese momento, al volverse, vio al perro que salía de la casa y trotaba hacia él con una nueva presa en los dientes. Se paró a unos cinco metros, escondió el rabo y le miró con sus mohínos ojos amarillos. Antes de llegar hasta él y quitarle aquello de la boca, Forest ya había captado la condición nociva, el pálpito de la amenaza. Era una rosada cajita de cartón, desvencijada y salpicada de ancestrales cagadas de mosca, con el rótulo Digitoxina en letras verdes. Contenía 40 píldoras de 0,1 mg. Mostraba también, en deslucidos caracteres que habían sido rojos, el nombre de una farmacia de Barcelona y la fecha, 7-10-48.

Su apariencia insignificante le confundió aún más que el hallazgo en sí; la misteriosa dilatación de los ámbitos del pasado, esa floración furtiva de la memoria —incluso cuando, como en este caso, era una memoria a la inversa: ¿serían otra vez específicos que tomaba su padre poco antes de morir?— había aumentado en su conciencia el tamaño y avivado los colores de aquellas píldoras diminutas, endurecidas y negruzcas, que ahora sostenía, atónito, en la palma de la mano.

17

Mariana consultaba libros de su tío en los estantes del pasillo, en el primer piso. Había redactado una nota bibliográfica con vistas al reportaje y la estaba completando con las fechas de publicación. Forest trabajaba en su cuarto con la puerta entornada.

Cuando terminó sus apuntes, Mariana quiso aprovechar la ocasión para espiar un rato los hábitos del escritor en su madriguera. No fue una experiencia muy estimulante. Le vio encorvado y como desvalido, en una inmovilidad senil junto al resplandor amarillo de la lámpara (¿por qué necesitaba luz de día?), releyendo una y otra vez el mismo texto, atisbando alguna grieta en un párrafo. De vez en cuando distendía la nuca leonina y los recios hombros, se hurgaba la oreja con el capuchón del bolígrafo o con la mano sonámbula se rascaba la entrepierna bajo los faldones abiertos del batín. En medio del silencio, algunos folios estrujados gemían y se movían en la rebosante papelera.

Ya había imaginado ella alguna vez aquel abrupto ritual del solitario, las subterráneas servidumbres del oficio (esa urgente anotación improvisada en el borde recortado de un periódico, olvidada luego en un bolsillo, reencontrada, descifrada, trasladada al bloc de notas en espera de destino para ser un día desechada y finalmente arrojada a la papelera), la súbita manera de levantarse del escritorio para ir, con un atosigamiento incongruente, a vaciar el cenicero en el tiesto de geranios del balcón, ponerse a limpiar con el pañuelo las gafas de sol que ahora no necesitaba, pasear por el cuarto golpeando el aire con la pipa apagada —ha-

171

ciéndose de pronto a un lado como si esquivara una presencia invisible— o rescatar el vaso de whisky olvidado en un estante para olvidarlo seguidamente en otro, o bien, como ahora, hurgar entre las colillas del tiesto y escoger cuidadosamente la más larga cuando, según observó Mariana, llevaba prendido en la oreja un cigarrillo sin encender.

Cuando se disponía a entrar, le vio sacar algo del bolsillo del batín y observarlo en la palma de la mano con ojos de maníaco. Lo dejó sobre la mesa y se sentó. Eran unas pastillas.

—Hola —dijo Mariana empujando la puerta—. Quisiera que le echaras un vistazo a esto, tío, a ver qué te parece... —Agitaba un folio mecanografiado en la mano. Al llegar a él se acodó en sus hombros y le quitó las gafas, jugando—. ¿Son para ver de cerca o de lejos?

—Para ambas cosas. Trae acá.

—Sé que no te gusta que suba, pero un pequeño descanso te irá bien. Tienes mala cara.

—No es para menos. —Señaló las pastillas—. Mira esto y explícate, a ver...

—Lo juro solemnemente, tío: no tengo nada que ver.

—La verdad, empiezan a sacarme de quicio tus bromas, tengo mucho trabajo...

Mariana se puso a patalear, impaciente:

—Ya está bien, oye, no jodas más. No entiendo nada. ¿Qué hay de raro en que aparezcan por ahí, en una casa donde no se ha hecho una limpieza a fondo desde hace años, cuatro medicinas de la tía? ¿Y por qué habría de ser una broma, qué gracia tendría eso?

Forest no contestó. Mariana se inclinó sobre él por la espalda, zalamera, rodeándole con los brazos desnudos.

—Estás cansado, tío. Te propongo una pausa y lees esto, ¿vale?

Recostado en el sillón de mimbres, sintiendo en la oreja el aliento silvestre de la muchacha, Forest cogió el papel que ella le tendía y leyó:

Publica en 1938 su primer volumen de relatos, *Diario de un Junker*. Reeditado en 1940 y en 1971, este libro, un testimonio objetivo y realista, significó una revelación para la crítica (actualmente su autor lo considera lo más deleznable de su producción). Las novelas cortas *Espejo en el mar* (1942) y *Cartas del Alcázar* (crónica imaginaria de unos hechos reales, 1943) revelan un progresivo decantamiento hacia la ficción. Obtuvieron éxito popular. *Rutas Imperiales* fue escrito en 1941, pero no se publicó hasta 1948; se trata de ensayos histórico-filosóficos, aunque el autor gusta definirlos como «simples ejercicios de mala prosa poética». *Reivindicaciones de la Hispanidad*, escrito en colaboración con José María Atienza y publicado unos años antes, ni siquiera se encuentra en la biblioteca personal del autor... Un libro de poemas (*El fulgor y la espada*, 1944), hoy completamente olvidado, y más libros de relatos: *Nido de ametralladoras* (1945), *Pueblos redimidos* (crónicas del Baix Penedés, 1939-49), *Rosario de reencuentros* (recuerdos y lecturas de la infancia, 1948) y la novela *Mi casa en sus espejos* (1954), posiblemente su obra más interesante y representativa, aunque no gustó ni a la crítica ni al público. Hasta aproximadamente 1958 publica regularmente en diarios y revistas especializadas extensos trabajos, dudosamente históricos, sobre la vida cotidiana en la España de la posguerra, convirtiéndose en el cronista oficial del régimen. Viaja con frecuencia a Hispanoamérica para dar conferencias. En 1964, en medio de la indiferencia general, aparece su último libro, *Ficciones privadas* (relatos), un repliegue a la fabulación más desaforada y febril. La crítica fue implacable con él.

—No está completo —dijo Forest—. Faltan *España como deseo* y *Sumario de traiciones*, publicadas en el 47.

—Pensé que te hacía un favor olvidando esas paridas.

—No necesito favores. Pero haz como quieras.

Más tarde coincidieron en la cocina, ella haciéndose un té y él rebuscando en la nevera.

Había jamón dulce, y Mariana se ofreció a prepararle un bocadillo de pan con tomate. A regañadientes, su tío aceptó, y también una copa de rosado frío que se sirvió él mismo de una botella que le pasó Mariana. El cielo sobre el jardín era gris y compacto. Con sonrisa enigmática, Mariana anunció a su tío que estaba coleccionando una serie de curiosos rumores que circulaban por el pueblo a costa de él; el cabrón del farmacéutico, algunos viejos pescadores y la propia Tecla se los habían proporcionado.

Distraído, Forest tardó un poco en darse cuenta de qué le estaban hablando.

—... y deja ya de morderte las uñas, tío, porque no pienso contarte ninguno de esos chismes, por ahora —decía ella de espaldas, mientras salaba el pan ya untado—. Sólo te diré que afectan confusamente a tu juventud militante, a tu brillante matrimonio y a tu sufrida manera de ganar mucho dinero...

—¿De qué me estás hablando, sobrina?

—De tu pueblo.

—Ya estuve allí y no me interesa.

—Pues aunque no te guste, tendremos que recurrir a la chismografía. Además no te creo. Todos los escritores tenéis un gusto innoble y particular por todo tipo de chafarderías, no lo niegues.

—No lo niego.

—¿Y las que se refieren a ti no te interesan?

—Ya nadie se ocupa de mí, mujer, estoy lo que se dice pasado de moda.

—¿Cómo te explicas que persistan estos rumores después de tanto tiempo?

—En un país frustrado, la gente tiende a evocar cosas que no han sucedido.

Bebió un sorbo de vino, se atragantó, dejó la copa.

—Pues es curioso —dijo ella—. Algunos bulos parecen borradores o primeras versiones de lo que luego has escrito tú. Me gustaría dedicarle al tema una sesión completa, si no te importa. Toma.

Le daba el bocadillo, pero él ya salía de la cocina con las manos en la espalda, abstraído.

—Tío... Parece que vayas flipado, ¿qué te pasa? Coge esto.

—Oh, gracias. —Se paró a observar la leve hinchazón rosada del labio superior de su sobrina, un estigma pueril de la niñez que aún anidaba en la boca dura y grande. Vestigios de una conciencia sumergida le aconsejaban declinar la invitación—: No, no me interesa el tema ni lo que puedan decir de mí en el pueblo. Me tiene sin cuidado.

—Eh, que olvidas el vino.

—Me has puesto vinagre. Todo está patas arriba en esta casa.

Aguardó con impaciencia el atardecer para dar su paseo con Mao. Era a primeros de agosto, domingo, y aunque el cielo estaba completamente encapotado, la playa era un hormiguero, una barbarie de coches atascados en la arena y de familias alrededor de inestables mesitas plegables, chillones transistores, neveras portátiles, bronceadores cancerígenos y otras valiosas pertenencias. Bajo los toldos listados yacían oscuros cuerpos rebozados en arena y sigilosas aguas fecales. En la rompiente flotaba a la deriva, mecida por las olas, acurrucada, una gaviota herida o moribunda. La hostigaban con una caña dos niños medio epilépticos, comandados por su padre desde el volante de un coche que casi había introducido en el mar, el cretino de playa.

Al pasar por delante de la terraza de *L'Espineta* vio a Mariana con su pandilla noctámbula, pero no la saludó. Algunos pescadores jubilados, sentados en el muro bajo del paseo, siguieron con sus ojos de agua, en un lento movimiento circular que la costumbre o el tedio había lubricado de sarcasmo, las altas y fornidas espaldas del historiador alejándose al borde de la rompiente. Ya habían agotado hacía años los comentarios socarrones sobre el vecino ilustre; para ellos no era más que un remoto hijo del pueblo que se había marchado un día para ir a enriquecerse en algún oscuro repliegue de la historia oficial, hoy casi un forastero, un paseante solitario vestido pulcramente con una descolorida camisa caqui, el pañuelo de seda al cuello, las gafas negras y el bastón de fresno. Forest les ignoraba o simulaba hacerlo. Con los tapones de cera en los oídos, iba con una arrogancia tensa en la nuca felina, una despectiva elocuencia, como si caminara entre estatuas derribadas y símbolos rotos.

El extraño desconcierto de Mao, que no quería seguirle y le ladraba, algo en la luz pizarrosa que flotaba sin dirección y una voz atiplada de mujer llamando a una niña (un nombre delicuescente y obsesivo, este verano: Vanesa) para almorzar, le clavaron en seco sobre la arena antes de llegar al Sanatorio al comprender que aquello no era el atardecer, que tenía el reloj parado desde ayer, el ayer mismo y probablemente también el pulso. Serían apenas las tres de la tarde.

Y descubría ahora también, perplejo —repentinamente rota la extraña envoltura invernal de sus vivencias—, que en torno a él, el verano estaba en su apogeo.

Regresó a casa cabizbajo y aprensivo, con amagos de taquicardia y cojeando más allá de la propia estima, decidido a suspender los paseos hasta el otoño.

18

—Una verdadera filigrana.

—¿Qué...?

—Sácate los tapones del oído, tío, no seas pelma.

—Ya.

—Decía que es cosa fina, esa historia de cuernos y de sangre en la bañera...

—Quién iba a decirlo de la tía, ¿verdad?

—Pse. Ocurre en las mejores familias. Pero hoy hablaremos de tus negocios. No hemos tocado todavía este tema.

Golpeó la almohada con los puños y la acomodó en su espalda. Llevaba el albornoz color crema, se había duchado y, por una vez, no olía a nada, ni siquiera a jabón. Florecían en su cara las maliciosas pecas. A la vera del magnetófono, con las rodillas alzadas, jugaba con un collar naranja de abalorios entre los dedos.

—Cuenta. ¿Cómo se inició tu fulgurante escalada en el sindicalismo vertical?

—Hum.

—Vamos, vamos. ¿Es verdad que todavía hoy estás en nómina, cobrando setenta mil pelas en calidad de indisponible?

—Ni un céntimo desde que dimití en el sesenta y siete.

—Hablemos de tu cargo en la Sociedad.

—Entré en ella a petición de la familia. El primo Ramón estaba muy enfermo y cubrí su vacante en el consejo.

—Fuiste gerente durante una pila de años.

—Eso es mentira. La gerencia la llevaba el tío Enrique, los Monteys de Pamplona, esos borrachos... Fui consejero delegado.

—Bueno. Pero no negarás que contigo la empresa empezó a disfrutar de unas facilidades oficiales prácticamente ilimitadas. Tú sabías muy bien por qué te auparon todos a esa poltrona.

—Lo sabía muy bien.

—¿Y cuántos chollos más, tiíto? La familia era riquísima: una empresa de perfumería y cosmética, fundada por el abuelo, inmobiliarias, no sé qué del corcho, la papelera...

—De todo se ocupaban los Monteys, no este ineficiente Forest.

—¿Y tu famosa mala conciencia?

—Bien, gracias.

Mariana suspiró.

—A la mierda con este rollo. Supongo que en tus ultramemorias le dedicarás al tema un extenso capítulo. A mí no me interesa mucho. Sólo una cosa: tarde o temprano, y quizá presionado por el señorito Tey, tu Pepito Grillo azul, intentarías renunciar también a esos enchufes.

Forest reflexionaba. Mariana sonrió levemente y añadió:

—Realmente eres un encanto, tío. Con las palizas que te pegas a la máquina, devanándote los sesos, y luego encima tienes que venir aquí para someterte a mis puñeteras preguntitas. Te quiero, hostia.

—Me distrae.

—Será eso.

—¿Por qué ese tonillo de coña?

—Por nada. ¿Quieres echarte en la cama? Estarás más descansado.

—No cabemos.

—Sí, mira. Apartamos un poco a Vanesa... Así, ¿ves?

—La vamos a despertar.

—Está muy enrollada. ¿Te importa que se quede a dormir?

—Yo no quiero saber nada. Pero tápala un poco...

—¿O prefieres que traiga a chicos? En realidad, hay días que me da lo mismo. ¿De qué estábamos hablando? Ah, sí, de cuando te roía la mala conciencia.

—Quise desligarme de la Sociedad en abril del 53. —Incorporándose en la cama, Forest apoyó esta poco meditada mentira en un codo y en un recuerdo real—: Una noche que llovía torrencialmente, estando aquí con Germán y con tu madre, expuse mi intención por segunda vez... Germán Barrachina era el abogado de la Sociedad.

—Lo sé. Sigue.

—Era el único que lo sabía, y desde luego no lo aprobaba. Entre otras cosas, mi decisión comprometía sus intereses. Por cierto, en esa época tu madre ya estaba muy enamorada de él...

—Espera. Háblame de mi papi, aquel abogaducho.

—Era enormemente simpático. Y un genio de la intriga. Cuando le conocí ya mangoneaba mucho en la gerencia. Había ganado un enrevesado pleito de patentes que se cobró en acciones de la Sociedad. Así empezó. Tey le odiaba. Era ese tipo de navarro pequeño que no parece pequeño: de hombros apasionados, pelo de cepillo y gran dentadura caballar. Tenía sentido del humor, lo cual es un tesoro en épocas de adversidad y de ignominia.

—¿De adversidad? Me consta que ganó y dio a ganar montones de dinero a los Monteys.

—Me refiero a lo que tuvo que soportar de tu madre y a lo bien que se portó con ella, cuando Tey la abandonó y empezó a beber. Mari estaba imposible, y de no ser por Germán se habría destruido.

Al otro lado de Mariana se oían leves gemidos, la voz gutural del mal sueño, movimientos espasmódicos de brazos y piernas.

—Creo que deberías despertarla —dijo Forest—. ¿Qué habéis estado haciendo?

—Tranquilo, no pasa nada.

—Eres una insensata. ¿Sabes cómo acabaras, sobrina...?

—Sé cómo acabarás tú. Cirrótico. —Acarició la frente de su amiga bañada en sudor y, sin mirar a su tío, tranquilamente, añadió—: Volvamos a esa noche de lluvia. ¿Qué pasó?

—Se presentaron sin avisar. Yo estaba encendiendo el fuego de la chimenea, se abrió la puerta y tu madre apareció empapada y borracha, con los zapatos en la mano, hermosísima...

—Mamá siempre te gustó.

—Ocurrió algo divertido: yo había venido a Calafell solo, aquel fin de semana, con ánimo de trabajar, pero no estaba solo en aquel momento...

—Por fin: una fulana.

—No te hagas ilusiones. Pero sí, había alguien durmiendo en esta cama, aquí mismo. —Quiso palmear el lecho pero encontró la rodilla de su sobrina, o de la durmiente, o quizá era la suya propia—. Por supuesto, Mari y Germán, que aún no estaban casados, no podían imaginar que yo había traído a una prostituta a esta casa, no era ése mi estilo.

—Desternillante asunto. ¿Quién era ella?

Forest advirtió la pesadez de sus párpados y la excitación, el ritmo casi maníaco de sus dedos sobando el collar naranja de abalorios. Concibió de manera subliminal el posible nuevo trenzado de realidad y deseo, pero de momento tal posibilidad se le escapaba.

—Olvidé su nombre. De todos modos, lo que a mí me interesaba era hablar con tu padre del asunto de mi retirada de la Sociedad... Y no fue posible. Nada más llegar, él y Mari se pelearon, eran muy frecuentes sus peleas en esa época. Germán perdió esta vez la paciencia y se marchó de repente a Barcelona, dejándola sola. Tu madre siguió bebiendo durante horas y me contó sus penas. Yo acabé tan borracho como ella, olvidado por completo de la fulana que me esperaba aquí, y sin haber resuelto mi problema.

—Pero hablarías de ello con mi papi al día siguiente, o al otro, supongo.

Forest meditaba, buscando una salida.

—Claro. Pero entretanto había ocurrido algo.

—Cuenta.

—¿Por qué no esperas hasta mañana y lo lees? Hago una versión nueva. Cuando escribí la primera tu tía aún vivía y yo no quería hablar de aquella mujerzuela que recogí por ahí... Ahora que Sole ha muerto, ya no me importa.

Se levantó para servirse dos dedos de

whisky, los restos de la botella. En la pared interior del vaso había dos hojas de menta cruzadas en forma de equis. Ya no importa nada, susurró para sí mismo. Ciertamente, esta segunda versión del oscuro episodio no comportaba en principio la menor alteración de la verdad, ninguna alquimia del deseo mediante la cual una cosa podía convertirse en otra; pero ahora, de pronto, una antigua visión de su cuñada perteneciente a aquella noche y largamente acariciada todavía hoy, durante sus voluptuosidades de viejo insomne y esclerótico (el furor y la seda de unos pechos mojados, la soledad propicia junto al fuego, la borrachera, las excitantes confidencias y la lluvia acogedora), se interponía exigiendo alterar de algún modo el curso de los acontecimientos.

—Pero creo —añadió Forest ganando tiempo, al volver a la cama— que mi pequeña aventura con una furcia te ofrecería más alicientes, sobrina. Podemos hablar de eso, si quieres.

—¿Por qué dormía cuando llegaron ellos? ¿Ya te la habías tirado?

—No. Me la encontré en un bar de Sitges, no la había visto en mi vida... Pero me acabas de sugerir algo. La convertiré en una antigua conocida, aquella pizpireta de Lali Vera, de los Coros y Danzas.

—Me parece una putada, pobre chica.

—Es otra licencia poética. Creo que siempre deseé ver a Lali convertida en una furcia. ¿Te extrañan estas combinaciones? Son correctivos a la realidad. A fin de cuentas, ése es el trabajo del novelista.

Mariana encendió un pitillo y se aflojó el albornoz.

—¿Mi madre se enteró, llegó a verla?

—Tu madre pasó la noche aquí. Se acostó tardísimo y muy borracha y a mí me dejó en un estado aún más lamentable, vamos, que me levanté dando bandazos...

—¿Te ocurre algo, tío?

Forest dejó resbalar las gafas en su frente y fijó la vista en el vacío, como si leyera en él.

—Estaba pensando... ¿Dónde durmió tu madre? Arriba, supongo. Y aquí en esta cama había una fulana esperándome. ¿Te imaginas por un momento que yo me equivocara de habitación, al ir a acostarme? ¿Qué consecuencias habría tenido eso...?

Mariana, envuelta en su perfumada nube, miraba a su tío con sorna.

—Ojo, tío, tu alcohol convoca remiendos, tu fraseo combina refritos del azar.

—No sé. La memoria es frágil, a mi edad.

—Anímate. ¿Quieres otro trago? Hay una botella sin abrir en la repisa de la ventana... Trae.

—Estoy tan bien ahora.

Mariana le quitó el vaso de la mano y saltó del lecho, ajustándose el albornoz. Había arrimado el escritorio a la ventana y una luz espectral bañaba la máquina de escribir.

—¿Cómo era mamá con treinta y cinco años, en su época dorada de desenfreno y abortos?

—Guapísima. Guardo de ella una imagen obsesiva.

—A ver, suéltala.

Al inclinarse por encima de la mesa para alcanzar la botella, las nalgas, moldeadas por el ceñido albornoz, emergieron en la penumbra. Al volverse, mientras vertía el whisky en el vaso, resbaló el cordón sobre sus caderas.

—Es algo personal, hija.

La aparición de unos centímetros de piel le devolvió la lluvia en los cristales. Ahora, el muslo de Mariana parecía emerger de un pasado construido por el azar, alterado luego por la necesidad, reconstruido finalmente por el deseo. Ella, en vez de pasarle el vaso, se quedó de pie ante él, mirándole con una sonrisa pícara. Forest fue consciente, por alguna oscura razón de la sangre, de que su cuerpo no volvería jamás a poseer tanta gracia como en ese momento —al adelantar un poco la pierna en reposo y beber un sorbo del vaso— y el proceso de fusión se repitió: veía de nuevo a la puta, ya con identidad (el perfil de halcón y la coquetería rapaz de Lali Vera, definitivamente seleccionada y elegida), al pie de la escalera, con los cabellos mojados después de ducharse, el cordón del albornoz flojo, rogándole un sitio en su cama porque la tormenta le daba miedo. Mezclándose con esa visión, la puerta del armario de luna, en el rincón más oscuro, giraba sola, chirriando... La voz de Mariana le hizo volver en sí.

—Toma —le dio el vaso, saltó sobre el lecho con el pitillo en la boca y un ronroneo gatuno, se deslizó entre su tío y su amiga y se sentó espatarrada—. Esa querida imagen de mamá, por favor.

—Te va a decepcionar. La veo descalza y con los cabellos chorreando agua, al pie de la escalera, con rasguños en las rodillas, ajustando a su cuerpo un albornoz blanco manchado de vino y de ceniza.

Otras visiones, sin duda menos gratas, ocupaban la conciencia nublada de la amiga de Mariana, que ahora emitía gemidos entrecortados y manoteaba el aire. No es nada, dijo Mariana, yo me encargo, y cogió las manos de la chica y las llevó cariñosamente a sus mejillas. Forest pudo ver que era muy joven, y su cuerpo agitándose en la sombra, la tensión muscular alrededor del ombligo y los espasmos de su voz estimularon de algún modo aquel soterrado deseo que seguía operando en él como reinstaurador de vivencias perdidas, no consumadas.

—Y recuerdo que esa noche —dijo— tu madre y yo estuvimos a punto de cometer un serio disparate. Ella ni se acordará, claro... Pero me voy, sobrina —añadió incorporándose—. Tus inocentes amiguitas me causan verdadero terror.

—Aguarda un momento. ¿De qué disparate hablas? ¿Insinúas que de verdad te equivocaste de cuarto, al ir a acostarte?

—Para el caso es lo mismo. Alguien lo creyó así, y eso me obligó una vez más a cambiar mis planes...

—¿Quién lo creyó?

Ya en la puerta, Forest se volvió.

—Germán Barrachina. Tu padre. Pero de eso hablaremos mañana.

19

CAPÍTULO XXXVIII

El lector atento a cierta quincalla de la prosa recordará tal vez una respingona grupa que, ceñida en elástica tela roja y salpicada de agujas de pino, luego de balancearse en el columpio de los niños, alegró las postrimerías del crispado capítulo XXIII. Esta muchacha tiene todo un porvenir detrás de sí, profeticé ya entonces. Sin embargo, jamás he conocido a una mujer tan frontalmente dispuesta a casarse como fuera y con quien fuera. Creo que debo añadir algo sobre Lali Vera.

Coincidí con ella y las demás chicas de los Coros y Danzas a finales de 1949, viajando a bordo del *Monte Ayala* en una gira artística por Sudamérica. Oficialmente yo fui como corresponsal de un diario de Madrid, pero en realidad me regalé unas vacaciones. (Lástima que no evoques aquí, siquiera de pasada, las exaltadas crónicas de Indias que enviaste al periódico, tío, aquellas loas cinceladas y patrióticas a las danzas de «nuestras españolitas» con sus trajes regionales.) Durante el viaje de ida, la vistosa granadina había coqueteado a fondo con un conocido periodista de pluma artillera y lenguaje cuartelario, que todavía hoy dispara desde *El Alcázar*. Enfundadas en ceñidos trajes de faralaes, las encabritadas nalgas causaron luego estragos en Buenos Aires, Panamá y Santo Domingo. Y en el viaje de regreso, poco antes de atracar en Bilbao, fue sorprendida en los lavabos en brazos de un joven oficial al servicio de la naviera Aznar, con el cual se casó a los cuatro meses. A

190

partir de entonces, ni mi mujer ni yo volvimos a saber de la bailarina ultramarina.

Cuatro años después, la noche del 7 de abril de 1953, me tropiezo casualmente con esa joya forrada de terciopelo barato en un pequeño y espeso bar de Sitges, frente al que paro el coche, camino de Calafell, para tomarme un café y una aspirina. Nada más entrar reconozco la firme grupa dirigiéndose al extremo del mostrador: no menos respingona, pero con un balanceo más pausado, más profesional. Por lo demás, ya no era nuestra Lali; sin fuego en el pelo, con una vaga suciedad en la piel, un descaro. Pero todo eso no viene a cuento...

Estoy rememorando una cadena de circunstancias que al final retrasarían la dimisión de mi cargo en la Sociedad, y cuyo primer eslabón es éste: Lali Vera efusivamente colgada de mi cuello junto a la barra de aquel bar, frotando su vientre contra mí con una parsimonia de experta, ansiosa y separada del marido y oye, tú, qué guapo estás y no podías llegar en mejor momento... Un tipo la ha dejado aquí tirada, no tiene dinero ni dónde dormir. Llueve a cántaros y ya no hay tren para Barcelona. Accedo a llevarla conmigo a Calafell (Sole y los niños están en Pamplona) si promete irse mañana temprano, antes de que aparezca Tecla por la casa.

En el coche recuesta la cabeza en mi hombro y me cuenta sus desdichas conyugales y sus primeros pasos en el fulaneo. El olor malsano de sus cabellos teñidos me marea y me exaspera.

Ya en casa, se desprende de la gabardina mientras yo enciendo el fuego.

—Puedo devolverte el favor, si quieres...

Desde el delicado promontorio de su nariz aguileña, cuando sonríe, algo emprende el vuelo, todavía.

—Acuéstate, es muy tarde.

—¿Te espero?

—No. Tengo bastante trabajo.

Con severa parsimonia desenrosco el capuchón de la estilográfica, abro la carpeta y empiezo a revisar el capítulo final de *Mi casa en sus espejos*. Desmonto una larga frase oxidada y pruebo a montarla al revés: ya no chirría, pero ya no dice lo mismo.

A los pocos minutos, Lali vuelve a la sala para rogarme que por favor la deje dormir arriba en mi dormitorio. Va descalza y lleva un albornoz blanco que ha encontrado por ahí.

—Tengo miedo en ese cuarto.

Fuera, la lluvia arrecia y está tronando. Le he asignado el cuarto de huéspedes de la planta baja, con ventana al jardín. Dice que los relámpagos la aterran. Se queda un rato junto al fuego, sin saber qué hacer, y luego se va. No tardo en oír sus pies desnudos en el cuarto de baño de arriba, los estertores de una cañería y el agua en la bañera. Más tarde, en medio de la maldita frase descompuesta, seguramente ya inservible, Lali aparece de nuevo al pie de la escalera con los cabellos chorreando y el albornoz semiabierto. Espero que ahora, después del baño reconfortante, se irá a su cama. Pero no se mueve de allí, mirándome.

—Maldición, qué pasa ahora.

—Sé bueno, déjame dormir en tu cuarto.

—No.

En tal caso, podría al menos ofrecerle una copa; promete no molestar. Adelanta un poco la pierna en reposo, pero unos centímetros más o menos de piel no van a cambiar las cosas. Se me ocurre mezclar un somnífero en el vino. Bebe nerviosa, se le derrama la copa, pero no interrumpe mi trabajo. Dejo la frase como estaba, con su herrumbre y su perfume. Antes de irse definitivamente, Lali suplica por última vez que la deje acostarse arriba en mi cama. Medito un instante la respuesta, y en ese momento, quizá un poco después —no recuerdo si tuve tiempo de insistir en mi negativa—, se abre la puerta vidriera y mi cuñada Mariana se precipita sobre mí cojeando y riéndose, empapada de lluvia, con rasguños en las rodillas y una botella de Rioja en la mano. Tras ella, con una expresión visiblemente contrariada, Germán Barrachina, que se excusa:

—Le dije que estarías trabajando, se lo dije.

—Adelante... ¿Te has caído, cuñada?

—A ver, dónde hay un sacacorchos.

Tras comprobar, aliviado, que Lali se retiró a su habitación con tiempo —un milagro que no la vieran—, atiendo a Mariana, que saca unas copas de la rinconera mientras balbucea que están de paso hacia Salou, donde «este imbécil piensa declarárseme por fin». Germán intenta sujetarla.

—Mari, por favor...

—Cállate, mamarracho.

Las medias caídas, un zapato sin tacón, las greñas goteando en su cara. Lleva un vestido negro con tirantes, muy escotado, y sus hermosos hombros picudos lucen esa pátina casi abyecta del bronce sin pulir que ya era entonces, secretamente, la base erótica de mis heroínas de ficción. Está muy borracha y Germán la increpa. Todos mis temores, que recuerdo haber expuesto a Germán cuando Chema la abandonó, se están confirmando: su insensata manera de beber, sus noches disolutas, sus aventuras fugaces y deprimentes... El único hombre capaz de sujetarla, de ejercer sobre ella una influencia benéfica, es precisamente el astuto abogado; sin él estaría perdida, y Mari lo sabe. Está muy enamorada de Germán Ba-

194

rrachina (No tanto. A mamá, según ella misma me ha confesado, lo que le excitaba de ese señor era algo plebeyo o canallesco que sugería su apellido) y ésta es precisamente la causa de sus terribles depresiones. Germán mantiene con mi cuñada una relación desganada, sujeta a estímulos eróticos más que sentimentales; la quiere a su modo y es paciente con ella, pero guardando las distancias. Es un círculo vicioso: las prevenciones y la indecisión de Germán descontrolan a Mariana, y el descontrol de ella es la causa de la indecisión de Germán.

—¿A qué esperas, hombre? —bromeo con él en voz baja—. Cásate, no podéis seguir así.

—Con lo que gano ahora, no tiene ni para vermuts.

—Eres un cínico. A propósito, tenemos que hablar de dinero. Supongo que la Sociedad me concederá una indemnización...

—¿Sigues pensando en retirarte? Ni se te ocurra. Ahora te necesito más que nunca.

—Pues lo siento, chico. La próxima junta general será la última para mí. Necesito más tiempo para escribir...

—Cuentos. Dispones de todo el tiempo. En fin, vamos a discutirlo.

Mi respuesta es digna de mis principios más azules:

—Te he expuesto una decisión tomada, no una propuesta a discutir.

Está lívido. Yo sé que acaba de jugar fuerte, promoviendo una ampliación de capital muy necesaria y muy comprometida para él y para la Sociedad, y que mis gestiones en Madrid son vitales. No permitirá que ahora le deje en la estacada.

—No puedes hacerme eso, Luys...

—Claro que puede —interviene Mariana—. No todo el mundo piensa sólo en enriquecerse, como tú.

Y añade una extravagancia, algo así como el dinero es el condón de tu vida, si no recuerdo mal. El abogado se revuelve furioso, y por enésima vez yo seré testigo de una escena que me sé de memoria: perdido el control de los nervios, Germán amenaza con dejarla plantada, ella le invita a hacerlo y él lo hace, sin despedirse siquiera de mí, dando un portazo.

En realidad, se va más enfadado conmigo que con ella. (Es curioso, tío, que mamá recuerde esta pelea relacionándola sólo con su deseo habitual y premeditado de mamarse, y tú en cambio con tus eternos problemas de conciencia. ¿Tal vez no fue ni una cosa ni otra?) No hice nada por evitarlo. Me habría convenido más que mi cuñada se fuera con él, en vez de quedarse a beber y a contarme sus penas durante horas. ¿Por qué no me quiere este cabrito, Luys?, pregunta machaconamente. Después del vino pasamos al coñac. Mari

196

hace desfilar ante mis ojos el gran desbarajuste de su vida, sus amantes ocasionales y bobos, sus peleas con su hermana y con Germán, sus abortos y sus maltratadas rodillas.

En esta época mi cuñada tiene 35 años y es una mujer de notable belleza y talento, con una vocación sentimental peligrosa pero admirable y en permanente conflicto con la educación recibida. En otra parte ya he apuntado la naturaleza reprimida de mis antiguos afectos hacia ella, y no es mi intención insistir aquí y ahora. Más allá del alcohol y la excitación verbal, del desorden mental de nuestras camas y de la propia estima, abortos incluidos, lo que esta noche ella busca y necesita es un hombro amigo donde recostar la cabeza. (Esta propensión tuya a combinar el espasmo lírico con los abortos de mamá me tiene intrigada, tío. Tenemos que hablar de eso.)

Le prometo a mi cuñada que instaré a Germán para que se case, le convenceré, le obligaré... Me abraza y luego se levanta, tambaleándose, para irse a dormir.

—Yo me quedo un rato —tartajeo—. Es que estaba corrigiendo...

La veo irse hacia el cuarto de invitados y, con un resto de lucidez, consigo balbucear si no le importaría dormir en mi habitación de arriba. Se vuelve, entre asombrada y divertida, y me pregunta por qué. Le digo que no tema nada, que yo dormiré aquí abajo. Aun así, evidentemente ella no comprende. Puesto que la cosa no tiene remedio, confieso la verdad:

—Hay una fulana en ese cuarto, y los demás no están disponibles.

Riendo agita el dedo conminatorio ante mi nariz. De acuerdo, sinvergüenza, me voy arriba, dice, y dando media vuelta por detrás del diván enfila las escaleras con la botella en la mano.

Aún hoy juraría que no se volvió ni una sola vez, que no volví realmente a verla esa noche fatídica, bajo ninguna forma corporal o soñada que mis ojos pudieran captar o siquiera presentir. Y sin embargo, las ávidas pupilas habrían de retener para siempre una imagen de Mariana al pie de la escalera, descalza, con el blanco albornoz manchado de vino y de ceniza. Y con ella recuerdo el silencio de la casa y el rumor del mar meciendo mi creciente resaca. Ignoro qué tiempo ha pasado y si me he dormido. Veo a Mariana agachada ante el fuego del hogar, la copa de coñac otra vez en su mano y caído el cordón del albornoz. Cuelga de sus labios un cigarrillo sin encender mientras hurga los rescoldos con las tenazas. Desde mi modorra de entonces distingo todavía la rodilla en tierra, la pálida cara interna del muslo y la expresión concentrada de su rostro al soplar la brasa antes de encender el pitillo, para luego, de pronto, volverse a mí y dejar caer su risa repentina, como un látigo.

Cuando intento reaccionar —Tienes cerillas en la mesilla de noche, creo que le dije— ya no está allí. Horas después, supongo —sólo hay cenizas en el hogar—, también yo decido acostarme, pero en qué lamentable estado. Al final de una sucesión espasmódica de disparates —entre los cuales desnudarme en la cocina y meter los zapatos y la ropa en la nevera no fue el más grave— que al cabo de casi veinticinco años no consigo aún ver ordenados ni siquiera mediante el artificio de este ritmo mediocre, llego a la habitación donde Lali duerme profundamente. La ventana del jardín está entornada y fuera sigue lloviendo. Con una desesperada premura tanteo a oscuras el lecho, aparto la sábana y hundo la cabeza entre los muslos calientes y yertos...

¿Debo contar ese loco empeño de borracho por someter una voluntad drogada y un cuerpo sumiso? Por suerte para ella, el somnífero ha sido eficaz. Gime débilmente bajo mis estúpidas arremetidas, manoteando en el aire y agitando la cabeza como en un mal sueño, incapaz de reacción, paralizada por la sorpresa o tal vez la indiferencia: ya era una profesional. Pero aun en el caso improbable de saber que tiene encima a un borracho irresponsable,

Lali no está en condiciones de comprender que semejante excitación es estimulada por una mente que se halla, en realidad, en otra habitación y en otra cama, con otra mujer y devorada por otra fiebre: arriba, de rodillas ante un fantasma. Porque el objeto de mi impulso inicial no era un cuerpo, sino una idea. El alcohol y aquel esplendoroso desorden de las noches de mi cuñada, ese año de su vida particularmente fértil, libre y desenfrenado, harían el resto...

El memorialista suspendió los dos índices sobre el teclado. Alto ahí, no te embales, se dijo: sería una buena pifia, desde el estricto punto de vista narrativo, no concentrar la atención del lector en lo que ha sido y es el móvil secreto: justificarme. ¿Por qué, después de haberlo planeado y meditado tanto, soy tan descuidado y perezoso respecto al objetivo que me propuse con estos injertos ficticios? ¿Por qué, en cambio, me afano hasta la náusea y la tortura en conseguir dotar de alguna realidad estas invenciones? ¿No será que empieza a interesarme menos la justificación pública del ayer infamante que la mera posibilidad de reinvertir la historia, lograr que el río del pasado —turbio o cristalino, a quién puede ya importarle— remonte el curso hasta su fuente y me devuelva todo aquello a lo que renuncié un día o me fue arrebatado...?

Sólo así podía explicarse, pensaba, la insistencia de algunas imágenes —precisamente aquellas que nunca alcanzaron a tener vida y se habían quedado en deseos, a pesar de lo cual se movían en la memoria como peces en el agua— en brillar más que otras. Al respecto, pensaba en Lali Vera: ¿qué le había impulsado a escoger a la ex afiliada a la S.F. para suplantar a una prostituta anónima que una noche se cruzó casualmente en su vida, y cuyo rostro ya no recordaba y menos su nombre? No era la trivial estrategia de combinar figuraciones según azarosas exigencias narrativas lo que le llevaba a estos laberintos; era cierta relación desleal y obsesiva con pretéritos estados del ser que él ya había desechado por considerarlos fuera del tiempo y del espacio, biográficamente hablando, y que ofrecían por eso una mayor impunidad.

Tachó las interferencias burlonas de Mariana y le dio a esta primera parte el visto bueno. No todo era enmascaramiento; aunque había tenido que prostituir a la pizpireta de Lali Vera y separarla del marido, en todo lo demás, en su empeño inútil por acostarse en su cama, en la inesperada visita de Germán y de Mari y en la estimulante velada que luego pasó a solas con su cuñada, incluido el disparatado peregrinaje de borracho hasta la cama de la fulana, había respetado escrupulosamente la verdad. Pero ya el párrafo siguiente alumbraría la imagen submarina y la correspondiente estrategia para acomodar ciertas emociones.

Forest acababa de anotar al margen del folio, a mano: *No me equivoqué de habitación, pero el resultado fue el mismo*, cuando, furioso consigo mismo, aplastó en el cenicero el cigarrillo recién encendido al descubrir otro idéntico que ardía en el borde chamuscado de la mesa: ¿cuándo aprenderé a no buscar aquello que ya tengo?

Entre dos llamaradas de vida ficticia, el abismo de la realidad se abrió ante él: no conseguía evocar en absoluto lo que hizo en aquella cama. En medio de los relieves cada vez más trabajados del deseo (excesos de borracho que podría haber cometido con la fulana, pero pensando en su cuñada) ya no distinguía las formas del recuerdo. ¿Se durmió en seguida, después de babear su impotencia en aquella entrepierna inhóspita? ¿O por el contrario llegó a penetrarla y alcanzó de algún modo, por la vía que fuese, una vaga variedad de orgasmo? Nunca lo sabría. Pensaba más bien que no, que ni siquiera llegó a tocarla... En cualquier caso, intuía la necesidad retórica de precisar una actividad sexual, por infame que fuese, con el fin de sugerir la cópula, un hecho demasiado brutal para darlo a palo seco. Sabía que el modo más apropiado de tratar una escena tan significativa y peligrosa era el de reavivar los detalles ambientales, resaltar el conjunto. Barajó al respecto unas cuantas situaciones de repertorio y concluyó la segunda versión alterando, por supuesto, el desenlace.

Quedaban por corregir los tres últimos folios del capítulo, todavía no puestos en limpio por su sobrina:

«Debía de ser muy tarde cuando por fin la solté y me tendí a su lado. Dormí unas horas o unos minutos, no lo sé. Hay en esta habitación que da al jardín un viejo armario de luna cuya puerta tiene la costumbre de abrirse sola, con un prolongado chirrido. Al despertarme, ha dejado de llover, entra una leve claridad por la ventana y también una mariposa blanca que revolotea sobre mi cabeza. En la luna del armario, girando despacio, veo pasar las sábanas revueltas y la colcha, dos cuerpos y el otro vuelo espectral de la mariposa. Un rostro, al que poco a poco se asoma el pavor, gira en la luna mirándome con fijeza, es el mío, luego desaparece para dar paso a una espalda desnuda y una cabellera negra.

Ella se da la vuelta dormida, abrazada a la almohada. Pero no es Lali Vera. El corazón me da un vuelco, brinco de la cama, maldigo mi suerte en voz baja y corro a refugiarme en el dormitorio del primer piso, donde, como era de prever, la ex bailarina duerme furtiva y sosegadamente.

Sentado en el borde del lecho, con las manos entre las rodillas, temblando pero paulatinamente muerto de risa, reconstruyo lo sucedido: sin yo sospecharlo, Lali se había salido con la suya, acostándose en mi cama; allí se la había encontrado Mariana al subir a acostarse, por lo que volvió a bajar para pasar al cuarto de invitados, según su primera intención; se paró un momento para encender un cigarrillo en el hogar y reírse de la situación en mis narices, advertirme de mi error, pero yo estaba demasiado borracho para darme cuenta.

El resto no merece comentario, excepto que en el transcurso de los años ni mi cuñada ni yo hemos hecho nunca la menor referencia a ese enredo. Juraría que Mari, habituada como estaba en esa época a su mala conciencia, cargó el incidente, si es que recordaba algo de él, que lo dudo —yacía abandonada a un sueño profundo, y nunca he estado seguro de su grado de lucidez—, en la extensa cuenta de sus disparates personales, y luego lo olvidaría.

Sospecho ahora, incómodo, que este ritmo vodevilesco no es quizá el más apropiado para contar lo que en definitiva me proponía contar; y fue que durante toda la semana siguiente, en Barcelona, no hubo forma de encontrar a mi cuñada: nunca paraba en casa, en la revista donde trabajaba no sabían nada, sus amigas no la veían. Finalmente, una noche, alguien la vio muy borracha en una taberna del barrio chino, en compañía poco recomendable, y se tomó la molestia de llamarme a casa.

Media hora después la encuentro de bruces en un mostrador apestoso, en un estado físico que renuncio a describir aquí. Ahuyento a los moscones sin necesidad de emplearme a fondo —un par de chulos desnutridos y un viejo policía bluf—, pero Mariana se niega a acompañarme a casa. Decido llamar por teléfono a Germán.

—Mari lleva una semana bebiendo, está hundida.

—Sé perfectamente cómo está.

—Se está matando, Germán.

Le suplico que venga inmediatamente. Su respuesta la habría previsto todo el mundo excepto un imbécil como yo:

—Haré más que eso, creo que ya me toca. Me casaré con ella.

—Una idea magnífica.

—A propósito, tenemos que hablar de tu problema —dice fríamente, y después de una pausa mordaz, en medio de la cual imagino su fácil sonrisa, aquella impostura dental, añade—: Mejor dicho, no tenemos nada que hablar. ¿Me entiendes, cuñado? No por ahora.

Yo guardo silencio unos segundos.

—Ya.

—Eso puede esperar. Ella no. ¿Estás de acuerdo?

Otra pausa y añade:

—Dejemos de lado la cuestión de si eres o no un depravado inofensivo y soñador, es un tema para tus menopáusicas admiradoras del Ateneo y del Salón Rosa. Pero desde luego no volveré a dejarte solo con Mariana... ¿No es eso lo que querías?

—Ya.

—Piénsalo y verás que nos conviene a todos. Voy por Mariana.

—Está en el...

—Sé muy bien dónde está. Hasta pronto, cuñado.

En el transcurso de los años he llegado a convencerme de que Barrachina ya había decidido de todos modos casarse con ella, y desde mucho tiempo atrás. Lo hizo cuando la embarazó, y fue un buen marido y un celoso amante. Pero de todo eso hablaremos en el próximo capítulo.»

20

—Igual que en tus viejos libracos.

—¿No te convence?

—Las imágenes tienen vida, pero la historia parece falsa. La quincalla de tu prosa, tío. Hay textos y pretextos. Toma.

Le devolvió los folios mecanografiados, segunda versión corregida y aumentada, sin paréntesis, y añadió:

—Pero vale, hombre, te has ganado tu whisky.

Sentado al borde de la cama, Forest se ladeó sobre una nalga, gimiendo:

—Tengo almorranas. Quizá debería pasarme al alcohol blanco.

—Bebe leche.

—Puede que la leche tenga alcohol, sobrina, pero desde luego no es blanca.

Riendo, Mariana se ataba el collar de perro en el muslo, concienzudamente. Hoy llevaba una vaporosa blusa color limón, trenzas, la boina y una pupa enigmática en el labio inferior. Entraba por la ventana abierta un suave aroma a carne asada. La noche era húmeda y sofocante.

Desde mediados de agosto, las sesiones se habían hecho menos frecuentes pero más largas. Forest comprendía que, a pesar de los crecientes obstáculos (Mariana se ausentaba con frecuencia, o estaba amodorrada o demasiado excitada para hablar, y casi nunca sola), estas charlas convenían a sus fatigados nervios y a su trabajo, operaban en él como modificador del pasado, como si en verdad nada fuese irrevocable: había que confiar siempre en la reinversión de la historia. Dijo con cierta brusquedad:

—Los necesito para mañana. —Agitó los folios y los dejó sobre la mesa. Tenían nuevas enmiendas y Mariana debería pasarlos otra vez en limpio—. Y hazme el favor de no incordiar más entre paréntesis o no acabaremos nunca.

—Dime una cosa. ¿Qué sentido tiene contar ese estúpido enredo de camas que precipitó, esto sí que tiene gracia, la boda de mamá? Conste que yo no sabía nada, pero, ¿qué te propones, aparte de entretener al lector?

—¿Te parece poco?

—Se diría que mi futuro papi, cuando le llamaste por teléfono, ya sabía lo que pasó aquella noche loca. ¿Cómo pudo enterarse?

A través de la ventana abierta llegaban apagadas risas en el jardín. Forest irguió la cabeza:

—¿Quién anda por ahí?

—Amigos. ¿Cómo pudo enterarse, tío?

—Jamás me importó ese detalle.

Se había levantado y miraba por la ventana. Distinguió al fondo del jardín un parpadeo de torsos lampiños alrededor de una menguante fogata y una botella pasando de mano en mano. Junto al portalón abierto a la calle había dos motos gigantescas.

—Me pregunto por qué sólo atraes a tipos chiflados, motorizados y neuras. Diles que aquí no quiero motos.

—No hacen nada malo. Hemos asado unas chuletas y hemos jugado con Mao. Luego nos iremos a fumar al Sanatorio abandonado, es un sitio estupendo. La otra noche, Silvia nos juró que veía el gran dormitorio lleno de niños escrofulosos que de pronto habían sanado y eran guapísimos y felices...

—Fantasmas. No sabéis convocar otra cosa.

—También tú lo haces, tío, así que estamos igual. Sigamos con mi papi. ¿Realmente era un personaje tan diabólico?

—Era un hombre práctico. De todos modos, su maldita artimaña no hizo sino retrasar lo que tenía que ocurrir. Cuando murió de cáncer, en 1959, la familia vendió las acciones y yo me libré de mi compromiso.

—Cambiemos de rollo. Ahora podríamos hablar un poco del lado periodístico, notarial, de tu oficio. ¿De verdad aún piensas que reflejabas la realidad del país en tus crónicas y artículos?

—Nunca me propuse perpetrar eso que dices.

—No seas puñetero, tío, va. Se te consideraba el más testimonial, un lince de las actualidades...

—Y eso qué es. Mira, cuando volví de Roma, esta primavera, compré en el aeropuerto ese bodrio de revista de actualidades que dirige tu madre, y en la que a veces tú escribes, y no entendí nada. Traía sandeces sobre gente popular que yo no conozco, pero no es eso lo irritante; lo irritante es que la revista parte del supuesto imbécil de que yo conozco a esa gente.

—No ves televisión, apenas lees diarios, no estás al día.

—Ni ganas.

—Es tu problema.

—He ahí una expresión anglosajona detestable y nada apropiada en tu linda boca latina...

—¿Crees que tu vieja picha sería más apropiada?

—Modera tu lenguaje y sigamos.

—Bueno. Tu obra parece tener dos vertientes muy diferenciadas. De un lado, la crónica de la posguerra. Es la que te dio prestigio y dinero pero a mí no me gusta, está llena de loas triunfalistas, de basura ideológica y de embustes.

—Vale.

—En cambio, tus libros de relatos y tus novelas, que tuvieron menos aceptación, me encantan. Es extraño: cuando pretendes ser testimonial no resultas verosímil, no te creo, y cuando inventas descaradamente, digamos cuando mientes sin red, consigues reflejar la verdad.

—Sigue.

—Hasta hace unos quince años gozaste de una notable vigencia. Luego llegó el desprestigio y el olvido. Algunos estudiosos, dejando de lado tu militancia política, ven hoy en dos o tres de tus libros un estilo narrativo de primer orden. ¿Qué opinas tú?

Forest se rascó apaciblemente la nuca.

—Mi estilo proviene de faenar de niño en la barca de mi padre: me enseñaron, simplemente, que hay un lugar para cada cosa. Y oye, yo nunca he querido ser testimonial, ni siquiera en estas memorias.

—No te entiendo.

—Recuerdo con más precisión al hombre que hubiese querido ser que al que he sido. No intento reflejar la vida, sino rectificarla.

—Conozco ese rollo. Otra cosa, pico de oro: no hay evolución en tu lenguaje: no has hecho nada por destruirlo: demolerlo: aniquilarlo: incluso diría que plagias: el tono que empleas siempre me suena.

—Ah, eso... No hay buena literatura sin resonancias. En cuanto a la dichosa destrucción del lenguaje, su función crítica y otras basuras teorizantes y panfletarias de vanguardistas y doctrinarios, permíteme, sobrina, que me sonría por debajo de la próstata. Detesto las viguerías ortográficas, estilísticas y sintácticas. Qué quieres, yo todavía me tomo la cavernícola molestia de reemplazar una coma por un punto y una coma. ¡Qué manía esa, de querer destruir el lenguaje! Bastante destruido está ya el pobre. Y además que por este camino, los logros del escritor siempre serán necesariamente modestos y en ningún caso comparables a lo que consigue un presentador de televisión o un ejecutivo tecnócrata informando a su Consejo espontáneamente y sin el menor esfuerzo. Ellos siempre irán más lejos... Pero salgamos de la cocina del escritor, que siempre huele mal y está llena de humo. Hablemos de otra cosa, me estoy deprimiendo.

Mariana buscó entre las sábanas un abultado sobre marrón.

—Elmyr me ha escrito desde Ibiza.

—¿Qué dice?

—Está bien. Me envía tus fotos. Mira.

Forest se vio, en colores y enfocado desde diversos ángulos, caminando por la playa con el bastón, las gafas oscuras y los cabellos al viento, escrutando un horizonte de hojalata.

Se gustó particularmente en un gran primer plano frontal, con el doble reflejo del mar, repetido e idéntico, en los cristales mercuriales de las gafas.

Había otra, en blanco y negro pero ampliada, cuya visión le trastornó. Era el pequeño David en bañador, aquel día que lo presentó a Mariana, captado con una orden muda en la boca y sujetando con la manita crispada la correa del enorme pastor alemán... que estaba allí, erguido sobre las patas traseras, ladrando a su inventor.

—Peroooo... —empezó Forest con la boca abierta. Inicialmente fue el pasmo, pero casi en el acto una luxación maxilar le impidió cerrarla—: ¡Oooeegg...!

—¿Qué te pasa, tío?

Miraba a su sobrina boquiabierto, interrogándola con los ojos. Ella le atenazó las mandíbulas con ambas manos y dio un fuerte tirón.

—Ya está. —Señaló la foto—. Divertida, ¿no? Es un regalo de Elmyrito para David. Mira el dorso, está dedicada.

Para David y Centella, con amor, de esta otra loba del deseo. Forest examinó la asombrosa transparencia, las junturas de lo real y lo soñado, el cosido del tiempo y el espacio. Era por supuesto un vulgar truco fotográfico, una alquimia de laboratorio.

—Está muy bien hecho —pudo decir por fin—. Pero no deberías dársela al chico. Puede que él no vea a su perro exactamente así.

Mariana aún se reía. Forest se tumbó de espaldas en la cama, vencido por una fatiga repentina. Ella dijo:

—No pensé que te haría tanto efecto.

—Estoy gagá, sobrina. Lleno de temores y manías.

—No, estás deprimido. —La muchacha se arrodilló a su lado, mimosa, y miró su boca con tristeza—. ¿Quieres que te haga una paja?

Forest veía descender sobre él sus ojos francos, muy abiertos y límpidos entre un firmamento de pecas, mechones ya sueltos de las trenzas y alegres destellos de sudor. Mariana insistió con dulzura:

—Me gustaría ayudarte, tío.

—Cállate, perdularia.

—Tonto, viejo lunático, carroza. Creí que eras más inteligente.

Le miraba fijo, con una sonrisa escueta, suficiente y leal. El memorialista palmeó, compungido, la rodilla de su sobrina.

—Ser inteligente, a mi edad, no consiste en saber lo que se quiere y conseguirlo, sino en renunciar a lo que te conceden demasiado tarde...

—No es demasiado tarde.

—Sigamos con el interrogatorio, si quieres.

—Esto no marcha, tío.

Se apartó. El muchacho del mono azul se asomó a la puerta, le hizo una seña a Mariana y desapareció. Entonces entró por la ventana un estruendo de motocicletas.

—Tus amiguitos —suspiró Forest—. Han hecho falta tres generaciones para obtener cretinos de esta especie. En eso, por lo menos, yo no he colaborado con el régimen. ¿No tenías que irte con ellos?

—Luego.

Forest se había levantado y ahora no sabía para qué. Decidió ir al baño, dijo ahora vuelvo y salió.

Al abrir la puerta encontró al tipo sentado en la taza del váter con el mono a los pies, el casco de motorista en la cabeza y los ojitos de rata fuera de las órbitas, gimiendo. Sostenía con la mano un poco alzada un trozo larguísimo de rosado papel higiénico, y, como si de pronto no supiera en qué emplearlo, borrachísimo bajo la severa mirada del dueño de la casa, optó finalmente por sonarse las narices con él. En tono afable, Forest le invitó a irse inmediatamente, por supuesto después de limpiarse decorosamente lo demás.

Regresó al cuarto de Mariana.

El resto de la sesión la dedicaron a sus licencias poéticas. Forest terminó por confesar otra que ella ya sospechaba:

—Está bien, sí —admitió—. Fue un niño

quien disparó contra el emblema en la pared. Recuerdo muy bien al chaval... Le faltaba el sosiego en la mirada porque debía pasar hambre o porque habría visto algunos horrores de la guerra. Su padre era estañador de ollas y cacerolas, paragüero, un vagabundo. El chico iba descalzo y semidesnudo, y tenía la cabeza rapada... Le veo siempre, en el recuerdo, con su negra barriguita hinchada y doblando la espalda hacia atrás, tensando el arco para disparar sus flechas improvisadas con varillas de paraguas. Las clavaba en la proa de las barcas varadas, en puertas y ventanas...

—Asombroso, tío.

—El qué.

—Esa descripción tan minuciosa de algo que nunca ocurrió.

Forest la miraba entre perplejo y malhumorado.

—¿Qué diablos te pasa ahora? Acabo de admitir que nunca disparé contra el emblema del partido, que lo inventé para hacer resaltar mi primera crisis de conciencia...

—¿Estás seguro?

—Basta, sobrina. Pasemos la hoja.

—Como quieras. Sólo un par de preguntas más... ¿Qué hiciste con tu vieja pistola de escuadrista? ¿Aún la tienes?

—Me libré de ella hace muchos años. Era una Astra del nueve largo.

Mientras evocaba aquel peso negro en la mano, aquella fría densidad de la muerte, se vio a sí mismo sobre el pantano de Foix un día que llevó a sus hijos de excursión, en el verano del 56. El día anterior había pillado al pequeño Xavier con el arma y se asustó. Primero decidió enterrarla en el jardín, recordó, luego pensó en regalarla a su cuñado Juan, y finalmente optó por tirarla al pantano... Pero aquel gesto remoto se le antojaba hoy de una solemnidad pueril, y ya había empezado a retocarlo, a sombrearlo suavemente, hasta que surgió la imagen embrionaria:

—Me olvidé de ella, simplemente —dijo con una voz neutra—. Sí, la olvidé para siempre en el fondo de un cajón de una vieja cómoda, envuelta precisamente en mi camisa azul, que los ratones ya habrán convertido en polvo... Un final ejemplar, ¿no te parece? De eso hará treinta años o más, no pienses que mi asco es de ayer. Por cierto, mañana redactaré el lance, y ya te prevengo que le pondré un poco de énfasis: un tratamiento especial, una forma de símbolo, por ejemplo escogeré otro cajón en otra cómoda, la de mi madre donde solía meter mi ropa de niño, y con tu permiso pondré una bala en la recámara de la pistola, un plazo fijo y una promesa formal: si dentro de equis tiempo no he repudiado públicamente todo esto, esa bala será para mí. ¿Qué? ¿No te gusta?

Refrenó una risa excesivamente nerviosa. Mariana apagó el magnetófono.

—Vale. Ahora vete, tío. Me voy a masturbar, luego tomaré un aneurol cosecha del setenta y uno y a dormir.

—¿No vas a salir?

—Ya no.

—Pues buenas noches.

—Espera un poco... ¿Quieres ver cómo me corro?

Forest escrutó la dulzura corrupta de sus ojos claros, la extraña serenidad del mentón y de los pómulos, aquella maravillosa e inalterable falta de impostura.

—Buenas noches, sobrina.

21

Tumbado en la cama, con los oídos indefensos —no encontró los tapones de cera—, había ya escogido para la contraportada del libro su foto preferida de perfil más liberal (un aire casi inglés de exiliado con cátedra en alguna universidad californiana: atuendo sport, pipa, cabellos al viento y un fondo de playa solitaria) y ahora corregía la tercera versión del texto que acompañaría a la foto:

Basándose en la idea wildeana según la cual arrepentirse de algo es modificar el pasado, el autor confiesa en esta autobiografía un ayer imperecedero. Vuelve sobre sus pasos —explicando sin rodeos, si viene al caso, alguna impetuosa zancada juvenil, insolente e irreflexiva— sorteando las trampas que los «archivos oficiales» de la memoria suelen tenderle siempre al historiador comprometido. El camino que el viejo cronista se propone hoy desandar se va estrechando, limitando, el paisaje cambia. Nunca quiso Luys Forest narrar escuetamente los hechos por temor a verlos desmentidos: inventó, porque la invención sobrevive siempre a la dudosa realidad que dictan los políticos. El hombre que durante tantos años escamoteó, saqueó y falsificó (él mismo no ha tenido reparo en confesarlo públicamente) las luchas del pasado en la memoria popular, el patrimonio común de la verdad, reivindica en su último libro la forma, el tono y los gestos de la tradición oral, desdeñando la engañosa autoridad del documento.

Su caso no es, como el de muchos hoy, un sprint oportunista hacia la titulación democrática. Al contrario que sus antiguos camaradas de plata fúnebre, que él llama vergonzantes lotófagos —comedores de la flor del olvido—, el autor pretende en esta obra magistral registrar los inundados sótanos de la memoria y al mismo tiempo...

Alguien, un embrutecido mocoso de los muchos que rondaban la terraza de *L'Espineta*, martirizó sus tímpanos con el trueno infernal de su motocicleta. Serían las dos de la tarde. Casi en seguida, una voz vagamente familiar y metálica, como resonando dentro del aparato de televisión, le llegó desde la planta baja: Mariana habría olvidado apagar el maldito cacharro una vez más. Se levantó, se enfundó el batín y bajó.

Aquella inercia retórica de la frase sin concluir, el obsesivo engranaje del párrafo que exigía ser formado aquí y ahora, guió sus pasos de sonámbulo hasta la cocina, donde descubrió que allí no tenía nada que hacer, y luego a escoger el bastón para el paseo, pero no quería dar ningún paseo, no había bajado para eso... Por fin vio el televisor parpadeando en el hueco de la escalera.

Ese día él y Mariana habían quedado en comer juntos en el jardín. Mariana, desde la mesa ya servida bajo el pino, acababa de verle cruzar la sala de estar hacia el aparato, y pensó que lo apagaría y vendría a comer. Pero después de varios minutos, todo seguía igual.

—¡Tío, ¿vienes o qué?! ¡Tííto...!

Ninguna respuesta. Se levantó y fue en su

busca. Le encontró sentado en la butaca frente al televisor. En la pantalla se veía el perfil de una mujer cincuentona, a contraluz: una iluminación pensada para proteger su identidad. Era una ex prostituta anónima entrevistada en un programa-encuesta, y exigía en nombre de su gremio el reconocimiento de ciertos derechos, control sanitario, asistencia sindical y jurídica, un poco más de respeto... La emisión era en catalán, para el circuito regional.

—¿Eso te interesa, tío? —dijo Mariana—. Oye... ¿qué te pasa?

Vio el asombro en sus ojos. Hundido en la butaca, miraba fijamente la inconfundible silueta de nariz aguileña y labios ya desarmados. Dijo en un susurro:

—Es Lali Vera. Qué espanto, Dios mío, qué espanto...

Luego reaccionó para pedirle a Mariana el listín de teléfonos. Con el dedo atabalado marcó el número de los estudios Miramar.

—Oiga, quisiera hablar —dijo con una repentina afonía— con esta mujer que está en la pantalla...

—No puede ser —le respondió una voz eficiente y vernácula—. No está aquí.

—Qué dice, hombre. La estoy viendo.

—La está viendo aquí, pero ella no está aquí. Está en el aire.

—Usted está loco. Usted es un cretino.

—¡Que no es en directo, *collons*! —Irritado y vengativo, el funcionario se pasó al catalán con armas y bagaje—: *A veure si m'entén: això es va gravar fa un mes, ruc!*

Así pues, también esto era un espejismo. Anonadado, Forest consiguió decir, en un correcto catalán:

—*Ah*.

Y colgó.

22

Sobre la mesa de mármol, las cinco piezas del Tangram, formando nada, apenas se veían bajo la invasión de enloquecidas hormigas. Quería ir al baño, pero Tecla lo estaba limpiando, por lo que decidió mear en el césped. Mientras lo hacía, Mao vino trotando hacia él desde el cobertizo con un pincel cruzado entre los dientes. Forest lo acarició, le quitó el pincel y lo estuvo mirando un rato, vaciando la vejiga. Luego se abrochó, caminó hasta el cobertizo y entró seguido del perro.

En un rincón, bajo el polvo y las telarañas, había un amontonamiento de hamacas rotas, oxidadas bicicletas de niño, viejas ropas deportivas, pértigas y remos torcidos, una paleta de pintor con las heces amarillentas de algún atardecer y tubos resecos. Forest cogió uno y lo examinó. Desde alguna antecámara del tiempo, del azar o de la burla ajena, volvía otra vez aquel extravío de los sentidos, la mascarada inmemorial, la quizá verdadera intriga del sueño.

Habría jurado que vio la tela, sujeta con cuatro listones, antes incluso de apartar los trastos que la ocultaban. Era una pintura amazacotada donde predominaba el verde llameante y el amarillo, orlada de rojo sangre y con trazos imprecisos bajo el polvo. Después de frotar con la mano apareció una versión invernal y familiar del jardín. Forest sintió un retroceso en la sangre. La perspectiva era imposible: el indudable emplazamiento del caballete —el cuarto de invitados, en la planta baja— ofrecía el marco natural y romántico de rojas buganvillas, pero debería haber impedido la visión del fondo del jardín, la tapia encalada y la hiedra, las rinconadas de lirios azules, los geranios y el rosal deshojado; sin embargo, según era habitual en la onírica paleta de Tey, esos ornamentos estaban en el cuadro, en un plano convencional, más allá de los pinos y del esplendoroso almendro en flor, debajo del cual, sentada en su mecedora y con el neceser malva de las medicinas junto a sus pies, Soledad tejía una bufanda azulgrana. Con pupila de loco, Forest captó la fecha en un ángulo inferior (Octubre 48) y el relamido realismo con que estaban reproducidos los dos objetos que jamás existieron —como no fuese en otra vida: la bufanda y el neceser— con respecto a los reales. Por lo demás, quienquiera que hubiese pintado ese cuadro, había misteriosamente respetado su error al describirlo: también aquí el almendro había florecido en octubre, y esa floración caprichosa era precisamente lo más notable y verosímil del lienzo.

Soltó el cuadro como si le quemara las manos. Salió del cobertizo con dos tubos de pintura y se acuclilló sobre el césped recuperando con premura, como para librarse de los óleos fosilizados, la botella de cerveza que antes se dejó. Sintió en la espalda el ojo pintado en el bote, agazapado entre la hierba, y pensó, momentáneamente aliviado, en otra broma de Elmyr, que podía haber leído... Pero unos tubos tan resecos. No. Entonces, al pensar en los elementos del cuadro uno por uno, recordó el neceser.

Mariana entraba en este momento por el portalón trasero con la bicicleta, la bolsa del pan y el periódico. Vio a su tío en cuclillas, la botella de cerveza volcada a sus pies, vaciándose. Forest no se movía; recortado sobre el brillante verde, su perfil parecía husmear corrupciones. Al pasar, Mariana le preguntó a qué estaba jugando, pero él no contestó.

Poco después, sentada en el diván de la sala, mientras revisaba el correo (había una carta de su madre) le vio vagar por el comedor, descalzo y con las gafas en lo alto de la frente. En la rinconera, cuya puerta inferior estaba abierta, se agachó para sacar primero una desfondada caja de madera, llena de cordeles y anzuelos de pesca, y luego un neceser malva descosido y mohoso. Le vio abrirlo con el ceño arrugado, como si percibiera en su interior algún efluvio vengativo.

Contenía un par de madejas polvorientas y una labor de ganchillo sin terminar, una bufanda, y todas las mismas medicinas recetadas apenas dos meses antes —pero vistas a través de un vértigo de casi treinta y cinco años, pensó él— por el viejo doctor Pla: Eufilina, Digitoxina, Bellergal, Novurit...

—¿Te divierte este juego, sobrina?

—¿A qué te refieres?

Su tío se incorporó con el neceser en las manos. Hizo resbalar sus gafas sobre la nariz y leyó un folleto que sacó de una cajita. No creía en absoluto en lo que iba a decir, pero aun así lo dijo:

—¿Crees que tu amiguita podría haber pintado el cuadro, antes de irse, basándose en la descripción que hice de él...?

—¿El cuadro? Nunca leyó nada tuyo.

—Pero tú podías habérselo contado.

—¿Qué te ocurre, tío?

—Ajá. Podías haberlo hecho por divertirte a mi costa. Ajá.

—Hostia, ya me tienes preocupada, historiador del carajo. ¿Qué demonios te pasa?

—Nada. —Se aferró a una posibilidad—. Confío en tus mentiras.

—¿Qué mentiras? ¿Te encuentras mal, tío? ¿Qué es lo que te preocupa...? Bueno, no me mires así.

—No pasa nada, creo. Voy... me voy a trabajar un rato.

23

Era la una de la madrugada cuando, al levantarse del escritorio, le pareció oír que se acercaba por encima del mar un vasto rumor intermitente, racheado. Saliendo del cuarto, en mitad del pasillo, se paró súbitamente al no recordar por qué se había levantado de la mesa, en busca de qué. Tenía un vaso vacío en la mano, así que dedujo que iba por whisky, pero también la bragueta abierta. ¿Iba a mear? Mao se le acercó con su peculiar ritmo nocturno, un paso blando, gateado; venía de la terraza y estaba empapado. En ese momento, un apagón dejó la casa a oscuras y Forest giró instintivamente sobre los talones.

Si quería bajar a examinar los fusibles, debía orientarse hacia la escalera, así que avanzó en dirección a la terraza, tanteando las paredes forradas de libros, pero casi en seguida, cambiando de opinión, volvió sobre sus pasos con la idea de regresar al estudio, asomarse al balconcillo abierto sobre el paseo y ver si la avería era general. En uno de sus giros (que le parecían vertiginosos) perdió una sandalia, tanteó el suelo con el pie y la recuperó. Ahora no tenía más que caminar en línea recta hasta topar con la barandilla.

Fuera, la noche era una compacta negrura, no se veía nada. Dejó el vaso en equilibrio sobre el repecho de la barandilla y, con los dedos engarfiados en el hierro, mantuvo los brazos estirados, sin asomar apenas el cuerpo para no mojarse. La tormenta arreciaba, el fragor de la lluvia parecía venir de todos los rincones del mundo, incluso de abajo. Pero a ratos paraba, bruscamente. ¿Eran gotas o granizo lo que caía arremolinándose, ebrio en medio del viento, o era la diminuta flor de nieve? Mucho más allá, en la playa invisible y desierta que ningún relámpago alumbraba, todo se le representaba claramente en la conciencia, y era de pronto hermoso y a la vez repelente. Oía la marejada rompiendo incesante contra los acantilados de la isla perdida: una figura vulgar y doméstica, extraviada en la memoria infantil, sin pólvora de futuro. Desde este soleado balcón de sus remotas lecturas adolescentes, los ojos hoy abyectos sólo podían alcanzar a ver por encima del mar, como los de Ahab desde la proa del *Pequod*, el espectro destructor de sí mismo. La arena bebía ahora, con audible avidez, la lluvia negra y las lenguas espumeantes de las olas que venían a tenderse bajo los toldos plegados, y podía sentirse la sed expectante e infinita del mar, podía adivinarse el viento que se organizaba a lo lejos en alguna parte del mar abierto, disponiendo secretamente en la tiniebla las olas en formación, enrolladas las crestas y brillando los dientes de rabiosa sal, y por un momento, al relacionar aquel solitario tumulto ensordecedor y aquella fuerza infinita con los hombres dormidos que yacían como muertos en sus camas, alrededor de él y tan lejanos, experimentó el riesgo de la tierra de nadie entre la luz y la tiniebla, se sintió de nuevo en libertad en un escenario que ya no existía, que los demás ignoraban o habían olvidado, y del que por tanto él podía disponer a su antojo, trastrocar las coordenadas, invertir los puntos de referencia. No se sentía indefenso aquí, ni desorientado, no era como cuando salía a pasear por la playa al atardecer, cabizbajo y sintiendo en la espalda las miradas de todos, presentes y ausentes, vivos y muertos, con su memoria precediéndole siempre como una prolongación artificiosa de sí mismo, como si de una prótesis se tratara, más que de una memoria...

Al volverse, en la oscuridad, algo viscoso y frío rozó su frente, como el ala de un pájaro muerto. Los dedos identificaron, por encima de la cabeza, las doradas braguitas de su sobrina colgadas de un alambre... Entonces comprendió, de golpe, que no estaba donde creía estar; que no podía hallarse aferrado a la barandilla del balcón ni frente a una invisible tormenta en el mar, sino que estaba apoyado en la barandilla de la terraza sobre el jardín, en la parte trasera de la casa; no le llegaba pues, desde la oscuridad envolvente, ningún rumor de lluvia, ni eran olas levantándose aquellos grumos negros, sino el tumulto de copas de pinos zarandeadas por el viento, el mistral que formaba borrascas. Y, por supuesto, era flor de nieve lo que giraba y caía blandamente ante sus ojos. Al revolverse en la oscuridad del pasillo, tanteando la sandalia, se había desorientado.

Presintió allá abajo, entre la hierba, la enorme pupila helada y sin párpado escrutando su desconcierto.

De nuevo en su cuarto, cuando volvió la luz, sintió en la mano un frío resbaladizo y un tintineo alegre, y vio en ella el vaso con hielo y una medida razonable de whisky, su medida de la noche. ¿Había bajado a la cocina, y sólo las había soñado, a la mar irrecuperable, a su isla perdida y a su libertad?

Se desnudó y se enfundó el batín precipitadamente. Cuando empezó a llover de verdad, poco después, con fuerza y al sesgo, bajó a cerrar la puerta de la entrada. Había cambiado el viento y se oía más prolongado, sordo y uniforme el estruendo de las olas en la rompiente. Mao dormía en el diván.

Mariana leía y escuchaba música en su cuarto, echada en la cama.

—Está lloviendo, tío.

—Eso parece.

—Santo cielo, ¿qué te pasa? ¿Has tenido una aparición?

—Quién sabe.

Se sentó al borde del lecho, las manos colgando entre las rodillas. Mariana llevaba una camiseta-telaraña, el collar de perro en el cuello y unos shorts azules deshilachados. Entre el pelo le colgaban unas trenzas delgadísimas y grasientas. Dejó el libro sobre la cama, pero no conectó el magnetófono.

—Estás pálido. ¿Te sientes mal?

Él no contestó. Mariana observó su nuca

abatida y sus manos yertas, y una velada tristeza pasó por sus ojos.

—Mamá me encargó vigilar tus depresiones de viudo. ¿Puedo hacer algo por ti? ¿Quieres un whisky...?

Su mirada, turbia pero resuelta, casi bizca entre la constelación de pecas, no se apartaba ahora del perfil de su tío. Se arrodilló en la cama y puso la mano en su hombro.

—¿Qué le pasa a mi valiente quincallero, eh? —Deslizó la mano entre las solapas del batín, los dedos jugando con la mata canosa del pecho—. ¿El trabajo no va bien?

—Va como va. ¿Qué dice tu madre en la carta? ¿Cuándo viene?

—El viernes.

Ya tenía el porro en los labios. Cuando él le acercó lumbre, ella ya había sacado las cerillas de su mugrienta bolsa de flecos colgada en la cabecera de la cama. Forest observó, por entre la maraña del pelo rizado y las trencillas, la veneración de los párpados ante la inminencia de la llama. Ciertamente, sus manos sucias resultaban hermosas manejando la gran caja de cerillas y cobijando el fuego al mismo tiempo, una diabólica economía de gestos alrededor de un fulgor rojovioleta, pero él no atendía a ese fuego, sino al otro. La telaraña adherida a los senos, el tintineo de los brazaletes, las adorables pecas espolvoreadas entre los ojos grises... Una ráfaga de lluvia arremetió contra los cristales.

—Una noche de perros, tío.

—Sí.

Absurdamente cogió el pie de su sobrina para hacerle cosquillas. Sabía perfectamente lo que iba a pasar y quiso demorar lo irremediable haciendo el imbécil un rato. Oía ya el ronroneo gatuno de sus bronquios cuando, vaciándose en un largo suspiro de cariño, ella deslizó la mano entre los faldones del batín.

—Es inútil, hija. Tengo cistitis...

—Te la voy a chupar, tío, lo voy a hacer. Tú no pienses en nada.

Pero la puerta del armario de luna se abrió sola, y él sintió ganas de reír. Al cabo de un rato, la cosa no prosperaba. Lo único que podía hacer era acariciar con un gesto rotativo, maníaco, la nuca de la muchacha. Fue precisamente al levantar ella un instante la cabeza para quitarse con los dedos un pelito prendido en la comisura de los labios, cuando Forest, al ver sus ojos risueños y confiados, sintió una oleada de ternura estimulando la sangre. Pensaba todavía en el retórico embuste de la hiedra, allá al fondo del falso jardín, en los jirones del columpio pudriéndose al sol, en la bufanda y en el neceser con madejas y específicos, y sobre todo en el mágico, intemporal almendro en flor; pero aquel delicadísimo gesto de los dedos retirando el pelito de la boca, aquella mirada bizca que casi pedía disculpas por la interrupción, pudieron más que todo. Mariana sonrió:

—¿Lo ves, fascista renegado?

—Repite eso. Repite eso.

Ella lo repitió, y él se dijo, echándose de espaldas en la cama, relajándose por fin: y más que habrás de oír, y más que habrás de ver; paletadas de tierra que arrojarán sobre tus sueños muertos, sobre tus ya podridas primaveras y tus apagados luceros. Tuvo una erección recelosa, de algún modo no relacionada con el acto físico, todavía, sino con el intento de imaginarlo. Y sintió en la boca la lengua de la muchacha con sabor a cuchillo, como una ostra. Pero fue, tal como había supuesto, un choque violento, ganas de hacerse daño. Replegada la telaraña, el pezón se encabritó entre los dientes. Mariana terminó montada a la jineta, acoplándose despacio, mirándole a los ojos, vigilando los desfallecimientos de la sangre y de la imaginación.

Más tarde, antes de dormirse, alguna idea divertida liberó de pronto su risa, ahogada por la almohada.

—¿Por qué ha pasado todo tan rápido, tío?

Yacía boca abajo. La miel clara desplegada sobre las nalgas era lo único que alteraba la blancura de tiza de su cuerpo. Se durmió de pronto, como solía hacer cuando había fumado. Vaya, pensó Forest apoyándose en un codo, ¿cómo es que aún lleva puesta esa prenda obsesiva? ¿No se la había quitado con los shorts...?

Deslizó la mano bajo la tela, y la mano sintió los glúteos enhiestos y duros, pero no la tela. Repitió el gesto, los dedos porfiando en la piel como si quisieran penetrarla, pero fue inútil, Mariana no llevaba ninguna braga. Sin embargo, la forma inconfundible seguía allí, adherida a las nalgas como una piel.

Encendió la luz del techo y recuperó las gafas. Se inclinó sobre el triángulo dorado y vio, por fin, que no era más que piel tostada por el sol. Parecían pintadas. De nuevo sintió que la conciencia se salía de su órbita, que su eje se desplazaba. Revolviendo la mesa en busca de cigarrillos, vio las fotos de Elmyr y su carta. La leyó:

Ibiza, agosto 1976

Querida Mariana:

Después de liquidar unos trabajos para publicidad, aquí estoy otra vez pensando en las musarañas, que es en lo único que vale la pena pensar. Bueno, quizá acepte hacer un reportaje sobre las depravadas formas de vida de los grandes hoteles...

He escrito a Flora contándole mis desventu-

ras en Calafell. Y tú, ¿cuándo volverás? Escríbeme en seguida.

¿Qué tal te va con ese cegato del tío Luys? Espero que no te hayas enfadado con él después de lo que pasó. No es mala persona, sólo necesita graduarse las gafas y no fiarse de las apariencias.

Ahí van las fotos suyas que me pediste. También te mando las que te hice en el concurso de blue-jeans. ¿Sabes que se están poniendo de moda tus braguitas de sol? Ah, se me olvidaba. Hay una foto, entre las que le hice a tu tío, que es para el simpático David y su perro Centella. Se la regalas al chico con un beso de mi parte. Los demás besos son para ti, con el cariño de

ELMYR

Eran fotos de un desfile de modas informal, estrafalario. Sobre un fondo de casas encaladas y comparsería ibicenca (abuelas enlutadas y embozadas, un complemento estético concebido por la mente criminal de algún publicitario) Mariana desfilaba, entre otras muchachas, con un piratesco pañuelo en la frente, camiseta a rayas y las perneras de unos blue-jeans, muy ceñidas, enfundadas hasta las ingles y cortadas a tijera a partir de ahí pero salvando la cremallera, que tapaba el sexo. Los baños de sol dejarían el trasero como un negativo de fotografía: bronceado el triángulo, y el resto en blanco.

Las bragas de oro no habían existido jamás.

24

A la mañana siguiente revisó su última conversación de trabajo con Mariana, la de la antevíspera. Descubrió que las mentiras sufren también un desgaste de la memoria, y que necesitan, lo mismo que los recuerdos y los sueños, las urgentes reparaciones del amanecer.

¿Dónde dijo que había ocultado su vieja pistola de escuadrista, en el primer cajón de la izquierda de la cómoda...? ¿Con una bala en la recámara, con el seguro puesto o quitado? ¿Aún no había redactado este pasaje?

Estaba desnudo en la vetusta bañera metálica, de pie, flexionando levemente las rodillas para alcanzar el grifo con la mano y abrirlo, cuando presintió en torno suyo un silencioso tumulto de materiales de desecho, escombros de lo que fue otra vida, otro afán. Por encima de su cabeza algo le alertó, una posibilidad que no había previsto le obligó a alzar bruscamente la cara y mirar hacia arriba. La vieja alcachofa de la ducha, aunque oxidada y algo torcida, mal enroscada, presentaba en lo alto su habitual aspecto bobalicón y apacible, pero ya habían empezado a retumbar las antiguas cañerías semiatrancadas, regurgitando el agua y la memoria asmática, y aunque él inició el gesto de apartarse no pudo impedir que la alcachofa, disparada con violencia por la presión del agua, le acertara el ojo derecho con diabólica precisión.

Lanzó un alarido, saltó de la bañera y, gimiendo, tanteó a ciegas la toalla. Luego se miró en el espejo: el ojo a la funerala y un corte en el párpado. La sangre roja manó escandalosa durante un rato. Se puso una tirita.

La urgencia de la sangre le hizo olvidarse momentáneamente de aquella premonición, segundos antes de alzar la cabeza al techo. Y sólo más tarde, en la cocina, orientándose con oblicuas miradas de tuerto —dudando entre despertar a Mariana o hacer el café y las tostadas, decidiéndose por lo último—, recuperó la alarmante conciencia de que aquello ya lo había vivido o presentido en alguna otra parte: esa chapuza del anónimo lampista, ¿no había ya descalabrado otra frente, no había ya salpicado la bañera con otra sangre...?

Parado, mientras humeaban las tostadas que

miraba sin ver y silbaba la cafetera, recompuso mentalmente una borrosa figura del Tangram de su prosa más negra. Se fue al teléfono de la sala y llamó a la centralita de L'Arboç, donde le comunicaron con la casa de su cuñado. Antes de poder formular la pregunta, tuvo que soportar una reprimenda: les había olvidado, siglos que no iba a verles, su hermana estaba enfadadísima, etcétera.

—Juan, escucha un momento —consiguió interrumpirle—. Tú que tienes buena memoria... ¿Te acuerdas, por la época en que venías a festejar con Rosa, si yo denuncié a alguien de Comarruga...? Piénsalo bien, ya sabes que por aquí siempre han corrido rumores.

—Hombre, esto tiene gracia, tú. ¡Ahora resultará que la gente ha estado viendo visiones! ¿Rumores dices? ¿Quieres una lista...?

No, sólo estaba interesado en una persona. ¿Podría tratarse de un electricista, bastante chapucero por cierto? ¿Se acordaba?

La respuesta era sí.

—No sólo le enviaste a la cárcel —añadió su cuñado—, además le destrozaste la mano de un tiro porque una noche se orinó en aquel emblema que había en la fachada de tu casa, no lo habrás olvidado, supongo. Estuvo muchos años en la cárcel, pobre diablo, y al salir juró que te mataría... Por cierto, sí que era un

238

desastre como lampista, ¿te acuerdas de la primera ducha que Rosa hizo instalar, poco antes de morir tu padre...?

—No, yo ya estaba casado, no vivía aquí, no sé nada de eso. —Sentía el sudor frío corriéndole por la espalda—. De verdad, Juan, de verdad...

—Está bien, no te pongas así. Estoy intentando recordar... Ese tipo, al salir de la Modelo, tuvo que dejar el oficio, tenía la mano casi inútil. Parece que vivió unos años en Barcelona, trabajando de...

—Chófer —dijo Forest con un hilo de voz—. Conducía una camioneta de reparto.

—Una furgoneta —corrigió su cuñado con una euforia injustificada—. Exactamente. Lo que quizá no sabes es que este desgraciado volvió a San Salvador, ya de viejo, y que ahora trabaja de jardinero en casa de un médico jubilado. ¡Si parece una de tus novelas, a que sí! —añadió el insensato—. Hombre, si yo incluso sabía su nombre, espera...

—Pau.

—Eso.

—Pau. Pau.

—Que sí, hombre.

25

Fue Tecla, cuando entró a limpiar la cocina, la que descubrió la gran humareda y el café derramado. Mao ladraba en el umbral del desastre. La vieja sirvienta pudo ver a Forest vagando por el fondo del jardín, junto al cobertizo, pero no pensó que el culpable fuera él (un hombre con su cabeza), sino su sobrina, esa loca olvidadiza. Limpió todo, farfullando entre dientes, preparó más café, completó el desayuno y lo llevó en una bandeja a la mesa bajo los pinos.

Forest, sentado en el césped, la espalda recostada en el *Lotófago* y el bastón cruzado en sus rodillas, no contestó al saludo de Tecla, ni siquiera la miró. Durante una hora, no se movió de allí ni cambió de postura. No se había afeitado y las gafas le colgaban a un lado de la cara, la patilla enganchada en la oreja.

Más tarde, al oír que Mariana se llamaba a sí misma desde algún lugar de la casa, se incorporó apoyándose en el bastón y aguzó el oído. ¿Había llegado la hora del desdoblamiento? La voz era idéntica, quizá más pastosa. Avanzó como un sonámbulo hasta el centro del jardín y acertó a ver en la galería, más allá de las ramas bajas del eucalipto, a una mujer alta que depositaba una pequeña maleta en el suelo. Llevaba un traje sastre gris, pálidas medias rosadas y un pañuelo en la cabeza.

En seguida apareció en la escalinata del jardín, distraída y lenta, con una elegancia inestable sobre los altos tacones, las caderas como armarios, las manos ocupadísimas. Fue hasta él quitándose el pañuelo y agitando la corta melena de ritmo juvenil, pero de color ceniza.

—Luys, sinvergüenza, cómo estás. Ya está bien, después de tanto tiempo, tener que venir yo...

—Hola, Mariana.

Se besaron en la mejilla bajo los despojos deshilachados del columpio.

—Tienes mala cara —dijo ella—, seguro que trabajas demasiado. ¿Qué te ha pasado en el ojo?

—Nada. ¿Ya has visto a tu hija?

—Está en el baño. —Sus ojos grises vagaban por el jardín—. Cómo ha cambiado esto, Dios mío.

—¿Has desayunado? ¿Quieres un café?

Se sentaron a la mesa y Mariana comentó de nuevo su mal aspecto. Sabía cruzar las piernas con la misma gracia calmosa de antes, pero sus piernas ya no eran las mismas.

—Deberías escribir menos y tomar más el sol —dijo mientras su cuñado le servía el café—. Bueno, ¿qué tal se ha portado esa salvaje? Me prometió que trabajaría...

—Ningún problema. ¿Te la vas a llevar?

—Pues claro. Está ganduleando por ahí desde el mes de abril. Es una fresca, ya te habrás dado cuenta.

—No opino como tú, cuñada. Una jovencita ilustrada, eso es tu hija.

¿Por qué llevará esas horribles medias color carne sobre la carne?, pensó Forest mientras aventuraba algo sobre el talento algo quisquilloso de su sobrina, que su cuñada pasó por alto: ella juzgaba severamente a su hija y a la juventud actual. Forest hizo un distraído comentario a los achaques de la edad; cómo se sentía de viejo y hasta qué punto ya no entendía nada ni veía nada. Y explicó, con un pasmo renovado en las pupilas miopes, que incluso había confundido las nalgas de su sobrina con otra cosa. No dejaba de tener gracia, añadió cabeceando tristemente: primera vez que sus ojos veían en esta púdica playa un trasero al aire, y él sin enterarse.

Mariana Monteys se echó a reír:

—Siempre serás el mismo —dijo—. En realidad, nunca te has enterado de nada, pobre Luys.

—¿A qué te refieres? —Sintió de pronto la necesidad de precipitarse a ello, fuese lo que fuese y como quiera que se llamase—. A ver, di... Háblame de Sole. ¿Cómo ocurrió? Fue una embolia cerebral, ¿verdad?

—Sí, murió de eso, pero... Creí que te lo contarían tus hijos.

Él no había vuelto a ver a ninguno de sus hijos y que el diablo se los llevara, pero no dijo eso:

—Sabes que no nos hablamos.

—Cuando Sole te abandonó, hace seis años, quise decírtelo, pero ni siquiera entonces ella me lo permitió. Te odiaba mucho, Luys.

Forest se enderezó lentamente en la silla, las manos crispadas sobre el puño del bastón, y dijo:

—Nunca padeció estenosis mitral. —Probó a negar otra vez, sin convicción—: Nunca. Fue una simple treta literaria.

—Hum —hizo su cuñada, y decidió pasar por alto esta observación extravagante, tal vez irónica—. Nunca quiso que lo supieras. No es lo mismo, Luys. No estoy familiarizada con esos tecnicismos médicos, sólo sé que todo fue consecuencia de un proceso reumático que ya le venía de niña. No lo supo hasta el año cuarenta y uno, poco antes de casarse contigo. Nos prohibió a todos decírtelo, incluso al viejo doctor Godoy, ¿te acuerdas? Ella esperaba superarlo con el tiempo, entonces no era grave; lo fue años después, pero siempre consiguió ocultártelo.

—Para ahorrarme un sufrimiento Livingstone, supongo —dijo él con un resto de dudoso sarcasmo.

243

—Vaya, no pareces sorprenderte.

Así pues, el asesoramiento fue correcto: fatiga, manos frías, hinchazón de las extremidades, cianosis y alguna expectoración sanguinolenta que puede dar lugar a confundirlo con un proceso de tuberculosis...

—Quiero decir —añadió Forest como en sueños— que lo hizo por el amor que me tenía.

—Durante muchos años, sí —dijo su cuñada—. Luego, porque te despreciaba. Bueno, todo esto debe resultarte muy duro. Pero no me digas que ignorabas cuánto llegó a odiarte.

—Lo sabía.

—Su mayor placer era hablar de tu absoluta ignorancia de todo...

Con cierta brusquedad, Forest la interrumpió:

—Dime una cosa, Mari. ¿Tú sabías... tú crees que entre Sole y Chema, hace años, pudo haber algo realmente...?

—Dios mío, Luys, ¿no crees que es un poco tarde para hablar de eso? —Hizo una pausa para beber el resto de su café y añadió—: Admitirás que sería muy deprimente verte hacer una escena a tus años.

—Por favor, Mari.

—En fin, qué importa ya. Todo el mundo lo sabía menos tú. Fue en el invierno del cuarenta y ocho, creo recordar... Tú estabas de

244

viaje. Supongo que no vendrás ahora con lamentaciones, es agua pasada.

—Agua pasada.

—Y me consta que sólo fue una vez.

—Te consta —aún pudo decir él.

—Hablemos de otra cosa, querido. ¿Cómo van tus memorias? ¿Es verdad que has conseguido que te ayude la loca de mi hija? ¡Me parece un milagro!

Pero él, dispuesto a apurar la pócima hasta la última gota, dijo:

—A propósito, pienso dedicarte el libro.

—No me parece prudente.

—¿Por qué no? Sales mucho y con una actuación decisiva...

—Me lo temía —dijo Mariana—. Sin embargo, espero que en una cosa por lo menos hayas sido discreto.

Forest bajó los ojos y, con mano progresivamente temblorosa, dejó la taza en la mesa. Oyó claramente cómo algo se rasgaba en su memoria. El papel pintado con que había cubierto las paredes se caía a jirones, pero debajo asomaba el mismo papel.

—¿Discreto en qué, cuñada?

—No te hagas el inocente. Ya hace más de veinte años, cómo pasa el tiempo. A veces pienso en ello como si se tratara de un sueño: yo estaba casi alcoholizada entonces, vivía hecha un lío, llena de dudas... Tus consejos me ayudaron mucho aquella noche, aunque luego pasara lo que pasó.

—Lo que pasó, sí. ¿Recuerdas...?

Una risita descontrolada, fugazmente juvenil, sacudió a Mariana Monteys. Luego recuperó aquella agraviada pesadez de los párpados y las caderas: claro está que recordaba, aunque vagamente, los leños encendidos en el hogar, aquella pobre infeliz durmiendo en la cama de arriba, el albornoz manchado de ceniza y de vino, la luna del armario abriéndose... La tonta aquella no estaba en la cama en que debía estar, añadió, tú creías que yo era ella y susurrabas en mi oído esas cosas que se dicen a las putas, estabas tan borracho, y yo no supe reaccionar, te necesitaba, te dejé hacer...

Forest se aferraba con ambas manos a los brazos de la silla, pero su cara ya no reflejaba ninguna crispación. La lenta relación de aquellos espectrales incidentes, de aquellos espejismos cumplidos, que su cuñada ahora parecía extraer de la nada, ya no podía sorprenderle.

—Siempre te he agradecido —añadió Mariana— que nunca me hablaras de ello, que nunca hicieras el menor comentario sobre esa noche. —Y mirándose distraídamente las uñas—: Lo mismo espero del libro. Si no por mí, hazlo al menos por ella.

—Por ella —repitió Forest—. Te refieres a Sole, claro.

—Me refiero a Mariana.

Veintitrés años, deslenguada hija del desencanto y de la impostura, de las argucias de la memoria trashumante. Sí, maldito seas, maldito seas. Entonces, Forest se echó a reír, paladeando aún la cereza prohibida de la muchacha: en cierto modo, había engendrado a su hija en su propia hija.

Cuando paró de reír, todavía tuvo fuerzas para estirar el cuello y facilitar el último tajo:

—¿Estás insinuando que Mariana es mi hija?

Ella dijo sin mirarle:

—Me propuse hace años que eso no le importara jamás a nadie. Ni siquiera a ti.

Le chispeaba el lagrimal, anegados los ojos de una dudosa felicidad, relajada, acolchada en sus derramadas nalgas. Mariana Monteys, las mejores caderas del Imperio, ¡ay!

Forest se levantó como un autómata. Golpeando la palma de la mano con el puño del bastón, alegó necesitar una copa y se encaminó hacia la casa. En realidad iba a su cuarto de trabajo. Quedaba una posibilidad, se dijo, una sola.

Al cruzar la sala de estar vio a Mariana hija echada de bruces en el diván, con una toalla en la cabeza mojada. Sus soberbios brazos colgaban hasta el suelo como malignas serpientes muertas. Nunca la había visto tan drogada. Por entre la maraña de cabellos, unos ojos grises, en medio de la vorágine de pecas, se abrieron despacio para mirarle, y unos labios secos se distendieron: la descarada sonrisa refrendaba, creyó entender él, una decisión que no debía postergar.

Arriba, en su estudio, abrió todos los cajones de la vieja cómoda. Cuando introdujo la mano en el último, ya no le quedaba sangre en las venas. Tanteó a ciegas la confusión de objetos olvidados y remotos, perdidos en medio de una adjetivación rebuscada y torturante, un texto masacrado. Sintió en la nuca la mirada socarrona de algo, experimentó la certeza de que, una vez más, la dudosa realidad del presente venía a enturbiar, a degradar la realidad indiscutible del pasado. Los dedos casi insensibles tocaron primero el bulto al fondo del cajón, la fantasmal camisa azul roída por los ratones, luego reconocieron las terribles formas del arma.

Durante el interminable trayecto de la Astra hasta la sien, Luys Forest evocó fugazmente el doméstico origen del primer extravío, vio nuevamente a Mao viniendo hacia él por el jardín, con su trote alegre y llevando en la boca la otra vida... Durante una fracción de segundo aún alentó una débil esperanza al recordar, con diabólica precisión, un hecho real en medio de tantos espejismos: muchos años atrás él había quitado realmente el cargador, pensando en los niños, y luego había arrojado la pistola al pantano de Foix, de verdad, el cargador cuando menos sí lo tiró, mi hijo el mayor lo vio, en serio, el chico fue testigo, aún se acordaría, de verdad...

Pero en aquel laberinto de refugios ruinosos donde se había extraviado, la laboriosa ficción ya no podía hacerle la menor concesión a la veleidosa realidad, ya no era capaz de respetarla ni confirmarla por más tiempo. Y allí estaba esperándole la convocada, puntual y solitaria bala camino de su cerebro...

Giró lentamente de espaldas a la cómoda de su madre y mientras giraba vio con el rabillo del ojo a su padre sentado en el balconcillo con los pies en la palangana de agua salada, con sus oscuras manos que olían a brea desabotonándose la camisa, la barbilla en el pecho, dejándose morir; tras él, el mar era una extensa lámina de hojalata, las pequeñas olas blancas se sucedían pero no parecían avanzar, quietas como falanges en línea de combate. Se le nublaron los ojos mientras resbalaba hasta el suelo, y rindió el pesado brazo, sollozando.

Media hora después, las dos Marianas subieron a buscarle y le encontraron arrodillado en el suelo del estudio, llorando como un niño sobre unos harapos azules y la vieja pistola, un enredo de herrumbre y de moho. Efectivamente, había una bala en la recámara. Pero el arma estaba encasquillada y no se disparó.

IMPRESO EN LITOGRAFÍA ROSÉS, S. A.
PROGRÉS, 54-60. POLÍGONO LA POST
GAVÁ (BARCELONA)